ABISMOS EXISTENCIALES

ALEIX MERCADÉ

ABISMOS EXISTENCIALES

CUENTOS SOBRE ESPIRITUALIDAD Y LOCURA

Ediciones
Luciérnaga

© del texto: Aleix Mercadé Falomir, 2024.
© de la ilustración de cubierta: Laura Rubio, 2024

Diseño de la cubierta: Planeta Arte & Diseño

Primera edición: mayo de 2025

© Edicions 62, S.A., 2025
Ediciones Luciérnaga
Av. Diagonal 662-664
08034 Barcelona
www.planetadelibros.com

ISBN: 978-84-19996-94-7
Depósito legal: B. 21.926-2024

Impreso en España – *Printed in Spain*

PEFC Certificado

Este libro procede de bosques gestionados de forma sostenible

PEFC/14-38-00305   www.pefc.es

Dedicado a aquellas personas que se perdieron intentando encontrar un sentido mayor de lo que su humanidad les permitió.

SUMARIO

PARTE 1

Reflexiones

Respecto a los dioses, no tengo medios de saber si existen o no, ni cuál es su forma. Me lo impiden muchas cosas: la oscuridad de la cuestión y la brevedad de la vida humana.

PROTÁGORAS

Desde mi yo irreverente

Este libro está escrito sin demasiados filtros, desde mis entrañas, vulnerable, con miedo, odio y vergüenza..., con ilusión y tristeza..., con deseo..., con ambición, orgullo y esperanza..., con curiosidad, admiración y asombro. Y con una máquina de escribir muy ruidosa. Y muchos cafés de cafetería, chiringuitos de playa, terrazas de hotel e innumerables multiversos internos. También algunas quejas por el golpeo metálico de mi teclear.

Es un libro extremadamente íntimo y voy a tomarme muchas libertades. Normal, si vamos a hablar de abismos existenciales. Espero equilibrar la solemnidad y la belleza del sentido de lo sagrado, la fe, la razón y la ética... con una dosis adecuada de vulgaridad y creatividad sin restricciones, sin miedo, sin vergüenza, sin moral, libre. Y siempre con humor, con apertura, con amor y compasión a todo lo que puebla esta existencia (yo incluido).

Admiro y venero lo sagrado, esto me gustaría dejarlo claro y sentido. Sin embargo, no sé por qué, me resulta difícil mantener una actitud solemne ante muchas de las expresiones de la espiritualidad. La cuestión es que también tengo una parte dentro de mí a la cual invito a menudo a ser en el mundo, en la que soy impío y desafío todo lo admirado y reconocido. No sé muy bien por qué soy así... Creo que es una mezcla de locura e insensatez, de miedo desafiante, de grandeza de espíritu, de ego narcisista, de herida emocional, de arrebato ante el vértigo, de ser un gilipollas, de prejuicio contra algunas formas tradicionales de veneración, no lo sé. Muchas cosas que he vivido quizá aclararían este punto.

Mi yo superado por el misterio

Mientras que estoy escribiendo estas líneas, mi motivación por este libro gira en torno a aprender a ser un humano, no un dios. Abordar lo divino no es para divinizarme, sino para establecer límites y centrarme en lo humano dentro de ese contexto divino que me trasciende y es un misterio. Hablo, o escribo, desde ese presupuesto ontológico, esa forma de concebir la existencia en su esencia.

¿Por qué hablar de locura y espiritualidad?

Primero de todo, definamos conceptos.

Defino *lo espiritual* como la relación de lo humano con lo divino. De esta relación surgen experiencias y conceptos sagrados como el *paraíso*, el *infierno*, la *iluminación*, las *experiencias oceánicas*, la *consciencia cósmica* o la *fe*.

Por otro lado, defino la *locura* como la forma de reaccionar al absurdo, al caos y al sinsentido (del mundo, de la vida, del futuro y de nosotros mismos). También creo que podría definirse como lo socialmente anormal y poco adaptativo (y que genera sufrimiento, sobre todo).

Por supuesto, cuando decimos que nos gusta tanto «hacer el loco» es porque nuestra relación con el caos y lo anormal puede ser lúdica y de muchas otras formas funcionales y sanas, como pasa en las celebraciones festivas —donde se busca la liberación, el éxtasis y otras experiencias cumbre— o en el arte y el humor, entre otros ejemplos.

Pues bien, vamos al lío.

Espiritualidad y locura. ¿Por qué hablar de ellas?

Como decía antes, es un tema personal. Después de veinticinco años, todavía almaceno decenas de libretas manuscritas que me acompañaron durante mi adolescencia y juventud. Entonces era más difícil poder evadirse de la realidad. En mi caso, la realidad habitualmente evitada por la mayoría de las personas era la que sentía como más magnética y atrayente. Pero no porque fuera muy valiente o especial en mis gustos, sino porque era una manera óptima de evitar la realidad habitualmente aceptada, donde estaban esa mayoría de personas. Esa gentuza, pensaba.

Para mí, como para muchísima gente, la realidad se sentía intensita. Intensita de esas infernales que te enloquecen: repleta de incertidumbre, absurdos, crisis de pánico, crisis de fe, caída de referentes, duelos, ansiedad, obsesiones, rumiaciones, desesperanza, consciencia existencial, angustia ontológica y filosófica... Ante todo ello no me quedaba otra (o eso pensaba) que sostenerme y mirar a los ojos a aquellos abismos internos.

Así pues, sentía la realidad como un infierno.

Por suerte, también la sentía como un paraíso gracias al amor, la creatividad, la belleza, la libertad, el placer, el saber... Casi nada.

Pues bien, recientemente revisé miles de textos a raíz de una reciente mudanza, en busca de ideas originales para este libro. Para mi sorpresa, la gran mayoría de mis escritos me dejaron conmocionado. Para mal. No dejé de repetirme con total contundencia: «Pero Aleix, estabas fatal..., qué mal estabas, loco de remate».

Apenas he encontrado algún breve texto que he podido reciclar y atreverme a compartirlo. Un texto empezaba así:

> Este escrito vuelve loco a quien lo lee y no al que lo escribe. Está escrito con el dedo gordo del pie, lo suficientemente torpe para interrumpir el trance hacia la locura, esa sensación de poder destructivo, de libertad autodestructiva. Esa sensación derramada en el querer aguijonear en todas las posibilidades. Ese consumir toda la libertad en vez de tomarla como un espacio donde yo debería poner el tiempo y la vitalidad.

La continuación del texto no tenía mucho sentido. Para los cuerdos, al menos.

En cualquier caso, quiero hablar de la locura, pero para sanarla, entenderla, conciliarme con ella sin inducirla ni romantizarla. No escribo esto desde el orgullo, sino desde el dolor, la vergüenza y la tristeza. Era horrible ser yo. Y siempre se podrá decir que vivir todo ello me hizo ser quien soy y cosas así. Estoy seguro de que podría haberme ahorrado muchas vivencias. Era un loco de los que no quieres ser. Quizá sea de los que quieres leer. Aquí todos son muy listos. Por suerte, hoy en día soy un loco funcional. Una persona normal..., vaya.

Pero hablemos un poco más de aquella parte que era un loco, un loco que escribía mucho sobre la locura en general. También sobre Dios, el saber y el arte. Eran temas nucleares con los que estaba obsesionado.

Respecto a la creatividad, recuerdo que me desafiaba a escribir en escritura automática usando listados de vocabulario que me obligaba a utilizar con un mínimo de coherencia. Un ejemplo —poco escandaloso y sin el vocabulario pedante con el que tanto me gustaba entrenar— sería este:

De improviso, cogió el machete y le provocó la muerte consiguiendo así deshacerse del resfriado que durante unas horas había padecido públicamente. Todos aquellos atenuantes que el jardinero ignoraba fueron suficientes como para constatar la acción sucedida como acción vana e inadmisible. Ante esto, los presentes decidieron cantar en coro la canción que en ese momento se le pasaba por la cabeza al acusado y en un acto de humildad optaron por subir dos tonos tal canto. Por desgracia, el acusado había nacido sordomudo. Por consiguiente, perdía significado el hecho de que pudiera confirmar si era o no aquella canción la misma que se le había pasado por la cabeza. Por ello, y solo por ello, con la ayuda de toda la sala, incluidos fiscal y juez, escenificaron a ritmo vertiginoso tal cántico, ayudándose de señas, compases marcados por palmas, partituras, ricos decorados, vestuarios de época y actuaciones en directo de los mismos autores —ya fallecidos— de la canción.

Aunque creo que eran ejercicios que me abrieron la mente y desarrollaron mi creatividad, me habituaron a relacionar y encontrar sentido entre eventos no correlacionados. Eso, sumado a un pensamiento muy abstracto e impreciso, me llevó a lo que yo llamaba *locura* (un concepto polisémico, por descontado, y que iremos explorando en sus diferentes facetas). Siempre fui consciente de mi obnubilación y de alguna manera la protegería como un tesoro. No conocía otra cosa y la valoraba. Siendo así, el mundo de lo espiritual fue un lugar donde me adapté rápidamente, parecía estar diseñado especialmente para alguien como yo, igual que el mundo artístico a través sobre todo de la imagen, la música y la poesía. El azar, el caos y la incertidumbre eran mi mundo y buscaba sublimarlos en algo valioso, bello, emocionante y con sentido.

Si a todo lo anterior le sumamos que pasaba intensos periodos en soledad, así como que disponía de pobres habilidades sociales y emocionales, obtenemos a un joven inadaptado creativo e introvertido. Y no quiero romantizarlo. Insisto en que era horrible y que he tenido suerte.

Ser paradójico: el desacuerdo conmigo mismo

De forma accidental, todo eso me llevó a ser un ser un contradictorio o, como me gusta decirlo, un ser paradójico. Una paradoja es una aparente contradicción, y aquí lo importante es ese *aparente*. En realidad, no lo es. Es un estado de tensión entre opuestos, incómodo, como vestirte una camiseta sintética después de bañarte en el mar Mediterráneo. Es incómodo de mantener. Supone la tensión de una disonancia cognitiva permanente. Es tentador ducharse para quitarse toda esa sal y ponerse una camiseta limpia de algodón. Mejor ser una persona normal y no ser nunca un loco.

Ser así, un ser paradójico, me acompañó en mis estudios y experiencias tanto espirituales como artísticas, en las que la razón y la lógica se revelaron como dimensiones insuficientes para abarcar la totalidad de lo vivido. No obstante, a la vez, siempre tuve interés en el conocimiento filosófico, psicológico y en toda la ciencia que pudiera caer en mis manos, lo cual me ayudó a que mis verdades y principios absolutos fueran transitando hacia a un pensamiento más humilde, probabilístico, posformal, medido, sensible, epistemológico, relativo y dependiente de la casuística del contexto.

Una puta paradoja andante. En rigor, me considero un artesano sin garbo y deshilachado que intenta trabajar con oro sobre carbón, con miel sobre ceniza, con fluidos ortogonales, con la delirante pretensión de ordenar el caos.

¿Tas enterao?

Vamos a hablar de locura y espiritualidad, pero no solamente de ello, sino de otras muchas temáticas bellas, otros ámbitos que suelen también solaparse con nuestro tema, como son la intimidad, la ciencia, la destrucción, el arte, e incluso el sexo. Y me quedo corto.

Sí, soy muy atrevido a la hora de hablar. E ingenuo, esa es mi especialidad. Y no me esfuerzo demasiado en fingir ser quien no soy. Solamente me esfuerzo en mostrar quién soy, viaje de toda una vida.

Locura

¿Que qué es la locura?

Antes había dicho que la locura era la forma de reaccionar al absurdo y al sinsentido, lo que es socialmente anormal, inadaptado y que causa sufrimiento. Ahora propongo una segunda aproximación, usando una intuición basada en la evidencia, por supuesto. La locura se manifiesta en una conducta que, desde fuera, puede percibirse como irreflexiva, ridícula, ilógica, absurda, exagerada, peligrosa o extraña. Esta es la idea general. Sin embargo, un matiz importante: este «se percibe» se refiere principalmente a la mirada externa, ya que el propio «loco» puede interpretar su comportamiento también como loco o, por el contrario, de una manera completamente distinta; lo que otros ven como locura, él lo percibe como evidente, verdadero, sensato, racional e incluso bueno.

Activismo civil y psicología

Un paréntesis. Aunque no siempre fue así, actualmente me considero poco reivindicativo políticamente (y poco activista), pero creo pertinente declarar aquí que simpatizo (no sin mis recelos) con movimientos y asociaciones que normalizan (sin romantizar) la locura; que luchan contra los efectos perjudiciales del estigma. Por ejemplo, estoy pensando en el movimiento de la revolución delirante o la española Asociación Nueva Psiquiatría, la cual también me ha ayudado a madurar, vivir y desarrollar algunas ideas.

Son perspectivas muy interesantes —a mi actual entender— que defienden que la psicosis, por ejemplo, debe entenderse en un espectro desde lo más extremo propio de un trastorno hasta lo más adaptativo (y que supone una forma de ser singular, extraña y excéntrica, pero compatible con ser en este mundo).

Creo que estos movimientos me mueven porque de alguna forma me identifico con algunas personas de dentro, pero también porque empatizo con el sufrimiento que puede generar el estigma de las etiquetas diagnósticas y el trato denigrante y traumático en ciertos protocolos de intervención. A la vez, entiendo que es todo un desafío para los profesionales de la salud tratar ciertos casos y episodios, pero creo que el proceso de curación requiere poner especial énfasis en promover la humanidad y la integración; y en evitar aquello que fomenta el rechazo y la separación.

Por último, dado que en lo posible quisiera evitar confusiones, problemas o malentendidos, reconozco que con este libro podría estar incurriendo en alguna falta del tipo ético por ser un profesional de la psicología hablando de intimidades propias e historias de ficción, cuando debería mostrarme neutral y enfocado al pensamiento y la intervención científica. Al respecto, quiero decir que no escribo como psicólogo sino como sujeto subjetivo, como artista que comparte intimidades alrededor del encuentro entre lo espiritual y lo loco.

Locura como absurdo y sinsentido

Volviendo al tema de la locura. Hablemos un poco más de ella, pero procurando también pensar en lo espiritual, como trasfondo todavía no explicitado.

La locura sería resultado de percibir la realidad desde la incomprensión radical, incomprensión ante lo que no se sabe (o no se puede) medir, conceptualizar, conocer sus proporciones, normativizar, intuir, significar y razonar.

Entendería la locura como aquello vivido que no tiene sentido para el ser humano, algo que rompe con nuestra lógica, un acertijo sin respuesta. Es aquello que no se sabe describir con claridad o precisión en palabras o ideas. Es lo que intentamos encajar en nuestras concepciones, pero se nos escurre, se difumina como algo intangible y espectral.

En este sentido, el problema es que el loco tiene problemas para medir la realidad. Es como querer medir un átomo con una escuadra de dibujo técnico o como tener una fotografía extremadamente desenfocada: es no estar entendiendo nada. La realidad desborda cualquier intento de clasificación o análisis frío. Parece no caber en ningún criterio de medida. Y es así que lo que no sabemos operar cuantitativa ni cualitativamente se convierte en una desproporción incomprendida.

Así, la realidad para el loco es algo que parece desmesurado o fuera de escala, y no entiende por qué. Es aquello que no tiene comparación por no poder delimitar su naturaleza ni siquiera de forma aproximada. No puede compararla con nada conocido porque no sabe dónde empieza ni dónde termina.

Más importante aún, la realidad es aquello que no tiene norma, normalidad, reglas, o cuya normalidad es lo anormal para el loco. Es lo singular y autotélico, lo que no encuentra comparación más allá de su propia existencia; un fenómeno que no busca otro fin que ser, simplemente, en su estado más puro.

Es, por todo ello, lo no significativo. Y ante lo no significativo, el loco colapsaría del estrés o forzaría un significado absurdo a través de una intuición incapaz y perdida. Por ejemplo, podría interpretar patrones inexistentes en eventos aleatorios o atribuir significados ocultos a sucesos cotidianos, intentando desesperadamente dar sentido a lo incomprensible.

Desde una perspectiva más rigurosa, y para entender mejor este fenómeno, conectado con esta generación de absurdos, el pensamiento y el procesamiento racional de las personas con comportamientos psicóticos verdaderamente problemáticos suelen cometer errores cognitivos en su forma de sacar conclusiones y razonar. Fallan en cuestionar críticamente la validez de su propio pensamiento y en mantener marcos metacognitivos y epistemológicos amplios y reflexivos, lo que significa que tienden a aceptar sus propias percepciones sin ponerlas en duda, y a carecer de la capacidad para ver sus ideas desde una perspectiva más distante, lo cual les impide reflexionar sobre su propio proceso de pensamiento y contrastarlo con otras formas de conocimiento.

En cualquier caso, logremos o no definir la locura sin volvernos locos, en este libro vamos a hablar sobre todo ello. Vamos a encontrarnos con los locos perdidos, para perdernos y encontrarnos con ellos. Esto irá íntimamente de la mano de lo espiritual, pero también del arte, de las catástrofes, de la ciencia, del conocimiento... En todos estos ámbitos, ciertos ingredientes se vuelven críticos, ingredientes con los que no sabemos cocinar de forma saludable. A menudo, vivimos una relación disfuncional con el misterio, la inmensidad, lo anómalo, lo sublime, la incertidumbre, el infinito, el más allá, el universo.

El problema, sobre todo, es cuando estas experiencias tan disfuncionales nos desconectan del mundo y, peor aún, de los otros. El «yo» se confunde en esa desconexión... el «yo» es incapaz de discernir entre sí mismo y «lo otro». Por lo tanto, la locura suele implicar la pérdida de una conciencia y una conducta que no discrimina entre el yo, el mundo, los otros, lo otro, lo trascendente...

Algunos «iluminados» intentan salvar esta incapacidad para discriminar argumentando que se trata de una capacidad espiritual para trascender la dualidad.

¿Que estas confusiones son un don? Lo dudo mucho.

El modelo dualista es estructuralmente inherente al pensamiento y a la cotidianidad. ¿Que la vivencia de la unidad implica la pérdida de complejidad cognitiva? Pues como que no. La máxima síntesis, propia de una experiencia mística, solo es posible tras una operación analítica que logra equilibrar y unir semánticamente toda esa complejidad multifactorial. Dicho de forma más sencilla, es el fruto de una progresiva integración de la complejidad existencial o metafísica. Es como una sinfonía bien orquestada: la unidad emerge solo cuando todos los instrumentos, con sus diferencias y complejidades, se armonizan en un conjunto sin que ninguna nota quede fuera. Es como un jardín donde cada molécula, planta y animal contribuyen al equilibrio del ecosistema, o como una catedral que emerge como casa de Dios a partir de un ensamblaje de piedras.

Dicho esto, y para cerrar el apartado reconociendo que mi reflexión tiene limitaciones y deja fuera fenómenos importantes, puedo reconocer ciertos estados de trascendencia de lo dual, de no discriminación, pero no como un estado ordinario o un rasgo permanente, sino como algo extraordinario.

Necesitamos una red afectiva

Y ahora, otro paréntesis. Vuelvo brevemente a hacer una reivindicación.

Un tema práctico que quiero poner de relieve es la necesidad de acompañar (nunca mejor dicho) la locura de vínculos humanos, de una red de apoyo. Generalmente, necesitamos a los otros para sentirnos amados y para conectar con la realidad compartida, para mantener los puentes que nos conectan con el mundo y el sentido común.

He observado a menudo un problema: la espiritualidad puede ser usada, en algunos casos, para aislarse del mundo y de las personas, incluso cuando se practica en comunidad. La espiritualidad puede usarse como un espejo que duplica el espacio entre almas, como espejo a través del cual se habla con la persona que tenemos justo a nuestro lado. Una forma narcisista de aumentar la distancia con el otro.

Por eso, ante la problemática que pueda surgir del encuentro entre locura y espiritualidad, tejer una red de apoyo social se vuelve fundamentalmente protector, aun cuando se tengan pocas habilidades sociales (en cuyo caso se puede comenzar con pequeños pasos: practicar la escucha activa, mostrar interés genuino por los demás o involucrarse en actividades que promuevan la interacción, como grupos de apoyo o talleres comunitarios).

En definitiva, esta red ayuda a mantener un equilibrio entre la individualidad y la realidad compartida, evitando que la espiritualidad se convierta en un espacio de aislamiento.

Desarrollo personal, interpersonal y contextual

Relacionado con lo anterior, he observado que actualmente, el desarrollo personal y el autoconocimiento han acaparado el centro de muchas miradas y esfuerzos en una parte de la sociedad que no está satisfecha y que desea trabajarse a sí misma. No obstante, el planteamiento seguido se ha centrado casi exclusivamente en el individuo, como si viviéramos en una burbuja.

Siendo testigo de un mundo que sufre cada vez más y que tiende al aislamiento debido al imperante individualismo, creo que la próxima revolución debería ser el desarrollo interpersonal y social, es decir, el desarrollo de todo aquello que mejore el vínculo con los demás.

Cada vez estamos más solos, nos comunicamos menos, gestionamos peor las emociones con los otros, toleramos menos los errores ajenos y huimos de la expresión de las emociones «negativas» (influenciados también por la dictadura del «buenismo» del desarrollo personal). Al mismo tiempo, aunque parezca contradictorio, ignoramos que los demás necesitan escuchar cosas positivas de nosotros, que necesitan que reconozcamos lo que hacen bien. Parece que solo sea relevante decir algo de la otra persona si es para señalar lo que podría mejorar.

Otra revolución sería, similar a la del desarrollo interpersonal, la del desarrollo contextual. En este caso, hablo de tener en cuenta la importancia de cómo el entorno nos afecta en general (incluyendo, por supuesto, a las personas). Esto implica gestionar de forma competente los problemas que surgen; implica adaptación y flexibilidad. Implica entender al otro por su contexto, de forma global, su etapa vital, sus circunstancias, sin tantas atribuciones internalistas del tipo «tú te comportas así porque eres asá».

Todo esto lo menciono porque muchas veces me encuentro en consulta personas que se sienten profundamente deprimidas o estresadas, y tienen la expectativa de que depende solo de ellas estar bien, de que todo es cuestión de desarrollo personal, de aceptación y de fe.

Y no es así.

Hay entornos sociales —amigos, trabajos y familias— de mierda. Sin ir más lejos. Ni tan cerca.

Y lo mismo se aplica a la locura y a los entornos espirituales que son entornos espirituales de mierda. Entornos que enloquecen.

Por todo ello pienso que es esencial aprender a gestionar mejor nuestra relación con esos entornos, en la medida de lo posible. Pues claro, «lo posible» puede estar extremadamente limitado cuando, por ejemplo, uno depende económicamente de un trabajo o una familia disfuncional en algún sentido. Sí, hay problemas estructurales en nuestra sociedad que dificultan sobremanera la felicidad (signifique lo que signifique). De ahí la necesidad de generar cambios estructurales en la legislación, la política y la economía.

Pseudoinvestigación sobre autoestima espiritual y ego

Hace años, realicé una encuesta entre mis contactos en redes sociales como parte de una investigación universitaria que nos permitía mucha libertad para explorar. Tras preguntar a cientos de personas con un cuestionario bastante complejo, encontré un patrón sorprendente: las personas espiritualmente comprometidas, o aquellas que se identificaban con tener una vida espiritual rica, tenían una valoración positiva de su «autoestima espiritual». Previsible, ¿no? Lo curioso de verdad es que esta alta autoestima espiritual no se veía afectada por una baja autoestima general o en aspectos concretos. Es decir, podían juzgar negativamente cualquier otra dimensión de su ser, pero su valoración del yo espiritual permanecía independiente. Y esto contrasta con cómo, por ejemplo, nuestro aspecto físico influye poderosamente en la autoestima general.

¿No es fascinante?

En resumen, alguien podía tener una buena autoestima espiritual, pero una baja autoestima general o en otros ámbitos. Esto puede ser problemático, especialmente si la alta autoestima espiritual viene acompañada de hábitos que no favorecen mejorar la autoestima en otras áreas.

Por lo tanto, es comprensible que todo esto pueda generar preocupación entre los profesionales de la salud mental. Los problemas de autoestima son un factor de riesgo serio para trastornos como la depresión.

Aunque reconozco que esta investigación tenía problemas psicométricos significativos (de fiabilidad y validez en varios aspectos), me parecía plausible la idea de que lo espiritual es un ámbito que puede vivirse de forma independiente a otras facetas de nuestra vida.

Y esto representa un riesgo significativo, ya que refleja una espiritualidad que tiende a disociarnos de algo tan importante como lo que somos. Este alejamiento podría deberse al rechazo del ego, a una percepción errónea de la propia identidad, o a otros factores. Es preocupante que depositemos todo nuestro valor en algo que, en definitiva, está fuera de nuestro yo ordinario.

Nuevamente, quisiera señalar algunas limitaciones de esta reflexión. Y es que me parece emocionante y hermoso que haya un dominio de nuestra identidad que sea verdaderamente incondicional en nuestra autoestima. Tiene sentido que la totalidad que trae lo espiritual nos llene plenamente y nos haga sentir plena satisfacción y estima en ese plano.

Pero sin romantizar..., también es problemático que, al identificar nuestro valor solo en una parte de nosotros mismos, esa parte se vuelva intocable, incriticable e incuestionable, lo que conduce a la suspensión de la duda, la reflexión y el espíritu crítico. Es comprensible: un colapso emocional estaría asegurado si esa parte se viera afectada. Somos tan vulnerables... Es humano no cuestionar críticamente nuestras creencias, mantener una visión metacognitiva limitada e identificar nuestro valor en solo algunas facetas muy localizadas. Por ello, es recomendable diversificar nuestro autoconcepto, nuestras actividades y, en definitiva, nuestro valor. Así podremos criticar diferentes partes de nosotros sin correr el riesgo de sentir que comprometemos la «totalidad» del sistema o que destruimos lo único que valoramos de nosotros mismos.

Definición loca de locura

Por último, antes de cambiar al otro gran tema —lo espiritual— comparto otro texto escrito a saber en qué momento de mi juventud temprana:

> La locura es un hacer incondicional, es un hacer porque sí, porque todo da igual. Es como dar un martillazo a una piedra sin tener un desliz y picar piedra de manera que no pretendía. La locura sabe que nuestra piedra es infinita. Por otra parte, este es un instrumento necesario y primordial para crear. Porque crear es construir sin incordio de los que juzgan por qué edificar, de los que creen que es cruel como si fuera algo malo, hipócritas. Es tarea del creador que gracias a su locura imponga su voluntad de verdad, sea la verdad que sea.

Yo tampoco lo entiendo. Estaba fatal.

Introduciendo lo espiritual, despacio, a golpes existenciales

Este libro empezó con un retiro de una semana en un monasterio, en Poblet, a principios de mayo de 2015, en la provincia de Tarragona, España. Una de las noches, cuando la estela del sol todavía dejaba recordar el ocaso, agarré un par de mantas, mi MP3, cascos, libreta, bolígrafo, agua y algo de comida, dispuesto a mirar el cielo y a escribir toda la noche sobre la existencia. Así que salí de mi habitación y recorrí el largo de las murallas pedregosas. Llegué a uno de los torreones y subí por una estrechísima y oscura escalera de caracol llena de telarañas. Solo veía lo que la linterna de mi móvil podía alumbrar. Subí hasta lo más alto, desde donde podía ver todo el monasterio: los patios, la viña, otros edificios, las montañas, el horizonte, el cielo... Hacía frío, pero la baldosa del suelo conservaba el calor del día. Me acomodé lo mejor que pude, reposando suavemente mi espalda en la pared gracias a una mullida manta. Me acompañaba la banda sonora de la película americana de *Solaris* y mis percepciones tuvieron su propia banda sonora. La parte visual de la experiencia también era una obra maestra. Llevaba mucho tiempo sin ver un cielo así.

Esa situación me indujo a un estado emocional que nunca había tenido. Las presencias descendentes de la Luna, Venus y Júpiter me dejaron catatónico, casi temblando de euforia. Solo recordar siento que lo revivo... Tantísimas estrellas, el polo norte, la Vía Láctea, las constelaciones, la inmensidad ante mí. Qué vértigo sentir que entre aquel infinito y yo no había nada que nos separara. Bueno, sí, había una distancia inconcebible. Como humano no podía procesar todo aquello, aunque me sentía en íntimo e inmediato vínculo con la inmensidad, lo sobrehumano y lo divino. Me rendí. Dejé el bolígrafo y la libreta en un costado, los ojos se me pusieron llorosos, no podía sostener algo así. No podía. Mis límites humanos se hicieron visibles, evidentes por sí mismos. Todas las dimensiones de mi ser se hicieron evidentes a la vez y, aunque me reconocí en todas, solamente la dimensión mundana me devolvió la mirada.

Esa noche pasaron cosas muy buenas dentro de mí. Muchas comprensiones emergieron durante los siguientes años, escurriéndose dentro de mí desde lo más profundo. Nuevas ideas complejas vinieron a mí como sondas exploradoras llenas de datos, como noticias de un lugar acabado de descubrir. Sinceramente, no había sentido nunca que el inconsciente pudiera extenderse hasta el infinito y que algo volviera de tan diferente tiempo y espacio.

Durante la escritura de este libro, al tratar de abordar lo espiritual, me he sentido continuamente impulsado a recurrir al concepto de *infinito*, como si esa palabra fuera la única capaz de capturar la esencia de lo que intento expresar. Demasiadas veces. Hubiera llenado todas las páginas de esa palabra. Hubiera escrito un millón de veces seguidas esa palabra, de forma exclusiva, sin comas ni puntos, sin sintaxis ni gramática de ningún tipo. Solamente: INFINITO INFINITO INFINITO INFINITO INFINITO INFINITO INFINITO. En mayúsculas seguramente. Y titular el libro *Atrévete a sentirlo*.

No obstante, creo que no sería una forma muy comercial de hablar de ello.

Confieso que a la hora de definir con palabras qué es lo espiritual no sé muy bien cómo hacerlo.

Bueno, no, mentira. Falsa humildad. Postureo intelectual.

Sí que estoy convencido de que, al menos, existen dos formas posibles de comprenderlo: 1) como algo elitista, como aquello que está más allá del reino de lo humano, que es transhumano y transegoico; 2) como aquello que está en todas partes, aquello que lo incluye todo, también lo humano, por lo que sacraliza al ego y lo más ordinario.

La espiritualidad como lo transhumano

Cuando pensamos acerca de la espiritualidad nos vienen a la cabeza diferentes ideas e imágenes. Normalmente, está relacionado con la primera definición que decía: como algo que se refiere a lo más excelso, aquello que va más allá de lo humano, lo cual se puede atestiguar en una iglesia donde sus feligreses leen un libro sagrado o en un maestro zen en la soledad de una cima de montaña. Podríamos encontrar otras conductas menos estereotipadas por nuestra cultura, pero por ahora lo único que me interesa es destacar que la espiritualidad se asocia a aquellas prácticas que nos vinculan con lo más elevado, con lo trascendental, con el más allá, con el universo y, a menudo, con el reconocimiento de una inteligencia suprema de un poder infinito. Sus practicantes, del tipo que sean, suelen convencerse de que su práctica es absolutamente beneficiosa, pues les hace sentirse en contacto con lo luminoso y virtuoso de la vida. Y estoy de acuerdo con ellos, en la mayoría de los casos.

Ser espiritual, en este contexto, significa poner consciencia en actos que se refieren a algo más allá de lo humano, participando así en el misterio de la vida. Es mirar cómo miramos al infinito y lo trascendental. Es pensar, sentir y actuar en sintonía con el universo, la vida y la creación.

No obstante, el ser humano, ante la infinitud, la eternidad y la extrema complejidad experimenta una serie de vivencias que, a mi entender, constituyen la base fenomenológica de la espiritualidad:

1. Sensación de caos al intentar comprender la totalidad inabarcable a la que se refiere lo espiritual: esta complejidad supera lo que se puede racionalizar y controlar. Y con ello deviene en

falta de control y comprensión. Sin embargo, esto no significa que todas las espiritualidades pongan esta sensación en el centro de su experiencia. Lo más humano es intentar racionalizar y controlar incluso lo inexplicable, ya que es una habilidad altamente adaptativa. No obstante, inevitablemente, la espiritualidad se relaciona profundamente con la idea de totalidad, de no fragmentación, y eso conlleva a la coexistencia de lo separado, de lo separado causalmente, de lo excluyente, de lo distante, de lo irreconciliable lingüística y categorialmente, de lo que todavía está por elucidar y comprender, del misterio. La espiritualidad es inherentemente confusa, por más que algunos enfoques metafísicos intenten abordarla de manera controlada, jerarquizada y precisa. Los teóricos del pensamiento trascendental siempre se enfrentarán al desafío de comprender el paso del ser al no ser y viceversa, un salto mortal para la razón, pero natural para el espíritu.

2. Imposibilidad de autorreferencialidad. El filósofo Protágoras decía que «el ser humano es la medida de todas las cosas». Esto significa que comprendemos el mundo por cuanto tiene un sentido para nosotros. Sin embargo, en la experiencia genuinamente espiritual, el ego y lo humano en general pierden su función mediadora de sentido. Y ello, aunque la espiritualidad siempre está contextualizada humanamente. En conclusión, lo espiritual es algo humanamente desproporcionado. Es imposible no sentirse desorientado y confuso.

3. Experiencia estresante. El estrés, en psicología, supone una sobreactivación física, psicológica y emocional, fruto de una exigencia difícil de afrontar. En el caso de la experiencia espiritual, la imposibilidad de control puede hacer saltar todas las alarmas y desplegar todos los mecanismos de defensa posibles. Y esto puede ser muy problemático.

4. Incertidumbre. Ante el caos y el descontrol, no podemos predecir lo que pasará. Si no podemos contemplar el orden subyacente no podemos proyectar hacia adelante. Y esto nos estresa.

5. Ausencia de sentido. Lo espiritual conlleva la experiencia de la existencia como profundo misterio, incluso como absurdo.

27

Puede contrastar con la lucidez de la revelación de verdades espirituales profundas, pero defendería que ambos fenómenos coexisten. De nuevo, solo señalo la manifestación de riesgo dentro de un espectro de realidad más amplio y sano.

6. Hiperconectividad y sensación de unión con el todo. Lo espiritual lleva a menudo a estados de consciencia que traspasan la actividad cerebral ordinaria y permiten un tipo de experiencia genuinamente mística como las epifanías.

7. Comunidad y soledad. La experiencia de lo espiritual, además de ser compatible con una vida comunitaria, se contrapone con un intenso sentimiento de soledad, de inhóspito recorrido por cuenta propia, algo extremadamente privado. Y difícil... Para la inmensidad del misterio somos un mero asomar anecdótico, pero para nosotros la experiencia de tal inmensidad puede ser un eterno desierto sin oasis, un mar sin tierra firme, un ascenso a la cumbre sin campamento base.

Y ya, por ahora.

Lo anterior es un listado que nos da una idea de la temática del libro.

En definitiva, tampoco se puede teorizar mucho sobre todo esto... Quizá ser poéticos fuera lo más útil.

Delirios y fe

Respecto a los delirios y los dioses, concibo varias opciones.

Una posibilidad es que los humanos seamos el motivo de los delirios de los dioses. Quizá somos demasiado complejos para encajar dentro de una norma o lógica divina. O tal vez no, quizá nuestra locura y la suya sean fenómenos que surgen conjuntamente cuando interactuamos, retroalimentándose mutuamente. O, más sencillamente, podríamos ser simples realidades para ellos, como células que interactúan biofísicamente o como hormigas ocupadas en sus tareas, sin más trascendencia, cosas de hormigas, hormigueando.

Otra opción es que seamos producto de la locura de los dioses, y no la causa. Por alguna razón, la «mente» divina podría generar realidades excepcionales, desconectadas de cualquier lógica previa. Sin embargo, quizá no sea necesario recurrir a los dioses para entender la vida y su evolución hasta llegar a nuestra inteligencia.

Si habláramos de dioses creadores, no necesariamente tendríamos que estar vinculados a su locura. De hecho, es posible que los dioses, en lugar de involucrarse con nosotros, sean completamente indiferentes a nuestra existencia. Tal vez ni siquiera estén al tanto de que existimos, como si fuéramos partículas subatómicas, diminutas y misteriosas, imposibles de detectar, residiendo en un plano que escapa a su comprensión, al igual que ellos escapan a la nuestra.

Por otro lado, podríamos considerar la posibilidad de que los dioses sean un delirio nuestro. ¿Es siquiera posible hablar de Dios sin caer en algún tipo de delirio? En rigor, lo dudo. ¿Es la fe, en cierto modo, una forma de delirio? De nuevo, no intuyo que sea así, pero tampoco lo tengo claro.

Por último, vale la pena explorar más a fondo esta relación entre la locura y lo divino.

Decía que no tengo claro que la fe religiosa pueda considerarse como algún tipo de delirio. Pienso que es mayormente funcional y adaptativa, aunque se refiera a algo cuya existencia quizá no pueda demostrarse. En rigor, un delirio implica mantener una convicción a pesar de la evidencia en contra; por lo tanto, la fe religiosa, estrictamente hablando, no podría ser juzgada de esa manera. Esto se debe a que al tratarse de una proposición no falsable, la existencia de Dios no puede ser refutada con pruebas concluyentes. Ergo ya no es un delirio que requeriría mantener la creencia a pesar de las pruebas concluyentes. Y tampoco la ausencia de evidencia de la existencia de algo es evidencia de su no existencia, por mucho que les pese a los ateos.

Además de no creer que la existencia de lo divino sea algo falsable, tampoco creo que sea demostrable. Y lo digo porque los feligreses creen poseer un conjunto de evidencias —ya sean históricas, míticas o filosóficas— que pretenden ofrecer un respaldo indirecto a la existencia de sus dioses, profetas y santos.

A mi juicio, toda esta discusión entre ateos que niegan y creyentes que afirman, con todo el respeto, me parece caer en algún tipo de absurdo. Como seres humanos, ¿qué garantía tenemos de poder discernir la verdad o la falsedad de lo divino? Somos simples mortales. Es como preguntar qué garantía tendríamos por parte de topos, hormigas o castores para determinar la verdad o falsedad de la existencia de una inteligencia artificial.

A efectos prácticos, hay un salto entre estos animales y aquello de lo que pretenden predicar. Cuando este salto o distancia cognitiva es tan vasto, es como si hubiera un infinito o un abismo vertiginoso entre quien pregunta y el objeto de la cuestión. Pues justamente eso creo que pasa entre lo humano y lo divino. Considero que hay un abismo de distancia, una trascendencia de distancia.

Los teólogos han intentado resolver esta limitación atribuyéndonos una chispa de divinidad mínima y necesaria, que nos permitiría sintonizar con lo absolutamente divino. Pero no estoy seguro de ello (y lo digo en serio)..., me suena al clásico *Deus ex machina* de los teólogos. Aunque, al mismo tiempo, puedo aceptar que de alguna manera participamos de lo divino, incluso que aquello de lo que está hecha la divinidad también nos compone a nosotros. Pero sigo visualizando una jerarquía de complejidad, donde la hormiga, aunque comparta ciertos elementos en común con una inteligencia artificial (como ciertas reglas básicas de organización e interacción, análogas a los autómatas celulares de la vida artificial), sigue siendo una hormiga que no se entera de nada.

Así que, ya sea por un libro sagrado, un profeta o un milagro, el ser humano tiene fe. Confía en algo que parece estar a una distancia infinita, más allá de cualquier juicio humano. Y debido a esta infinita distancia, la manera en que codificamos lo espiritual tiende a perder la noción de proporciones y cantidades, afectando nuestra capacidad de comprensión conceptual. Esto, insisto, es algo profundamente humano.

Todo esto ocurre siempre que intentamos hablar sobre la verdad de lo divino. Cuando pienso en un profeta, ocurre lo mismo. Existe una infinita distancia entre él y Dios. Incluso si aceptamos su divinidad, esta distancia se mantiene entre su mensaje y nuestra limitada comprensión humana.

Lo mismo sucede con un libro sagrado, el cual trae una comprensión que supone afrontar esta infinitud, sea para el lector en caso de validar la divinidad de los profetas, sea a la hora de juzgar que los profetas son humanos (todo lo avanzados que queramos, pero limitadamente humanos) ante una infinitud que, en realidad, ellos tampoco podían salvar.

Y si se trata de un acto divino, como un milagro, el dilema es el mismo. ¿Qué es mi humanidad frente a un suceso de tal magnitud? En estos momentos, me resulta imposible pensar en una actitud más adecuada que la humildad, el escepticismo y la prudencia.

Es en estas circunstancias cuando menos sentido tiene mostrarse absolutamente convencido de la verdad de algo. Existen tantas explicaciones alternativas que merecen que dudemos...

Y si, después de todo eso, aún no dudamos, entonces quizá sí podríamos estar frente a un delirio. Pero eso solo sería posible después de haber dudado. Tal vez la mejor protección contra el delirio sea precisamente el dogma que nos impide escuchar aquello que podría hacernos dudar.

Espiritualidad integral

Por otro lado, está una concepción de lo espiritual que no está disociada de lo humano, que no es de trascendencia, que no se basa íntegramente en el más allá.

Aquí la espiritualidad está en todo (aquí y allá), y es aquello que todos intuyen que existe, pero que está inconscientemente asumido porque siempre ha estado ahí y siempre estará. Es la antinovedad, como el aire que respiramos, a no ser que sea redescubierta y revalorizada. Esta espiritualidad sería indefinible en cierta manera, pero, para que nos entendamos, supondría la inclusión de todo lo que existe.

Desde esta premisa, la espiritualidad debe estar unida a la materia y al cuerpo, debe evitar prejuicios neoplatónicos y cristianos que nos desconectan de nuestra humana animalidad. Hay un miedo a lo salvaje, a la intensidad de los impulsos e instintos. Cientos de miles de años de evolución no se pueden obviar.

También la espiritualidad debe estar unida a la mente, a la intelectualidad, al orden y a la racionalidad, por cuanto la belleza de un mandala o una ley física refleja un orden matemático que subyace en el cosmos.

Detengámonos brevemente en la mente, ya que este es un libro y no una clase bioenergética sudorosa.

La inclusión de la mente en lo espiritual, aunque con sus riesgos, debería ser obvia, pero movimientos *new age* consideran que la mente nos desconecta de la esencia, que la mente divide lo que tiene que mantenerse intacto, unido, como si la mente corrompiera la experiencia espiritual, como si se pudiera poner la mente en blanco. Muchas veces este discurso, producto mental desprovisto de genuina reflexión, es más un mecanismo de defensa ante la propia ignorancia evidenciada. Una defensa que ataca y que le conviene interpretar que el intelectual que se rasca la cabeza por pensar tanto, en realidad, se rasca por tener piojos.

Este patente rechazo de la razón, y de la ciencia por extensión, de muchas personas espirituales lleva a los peligros y riesgos del pensamiento mágico, las conclusiones precipitadas, la falta de procesos inductivos, de evidencia y datos analizados lógicamente. Es cierto que no todo es razonable y cientificable, pero no jodamos: es tan reduccionista el cientificismo como el rechazo de la ciencia. Sobre esto profundizaré más adelante.

Una última clarificación: cuando la mente se une a la espiritualidad, surgen la mística y la religión, y se dice pronto, aunque sostengo que también hay espiritualidad más allá de estos campos. Por ejemplo, en la política, la filosofía, la ecología, la biología, la física y la cosmología. Son disciplinas englobadoras sin duda y que pueden estar alineadas con un enfoque integral.

Continuemos. La espiritualidad, igualmente, debe estar integrada en el ego. Eso es, no hay que trascender ningún ego. Cuánta presión, cuánto estrés (auto)demandarnos lo imposible. El ego mola. *It's good*. Repito. Es bueno. Éticamente bueno. Aquí el ego es entendido como nuestro «yo sujeto», nuestro «yo sintiente, pensante y actuante», nuestra individualidad, pero también como nuestro lado ordinario, ignorante, inmaduro y, sobre todo, humano.

Por lo tanto, la espiritualidad, aunque tradicionalmente volcada a la unidad universal, debe unirse a la percepción ilusoria y subjetiva del ego, perspectiva desde la cual sentir la emoción del asombro, el vértigo existencial, el ego sobrecogido.

Por último, la espiritualidad debe coexistir con la sociedad, con las necesidades y deseos y sociales. Y es que el ser es «en el mundo», el ser es «con los otros». También algunas propuestas espirituales quieren deshacerse de todo esto, por ser de baja altura, poco evolucionado y poco elevado, pero muchas veces este discurso para mí refleja otro mecanismo de defensa ante pobres habilidades sociales, un ego débil en esta dimensión social, un «ser en el mundo» insignificante, un «ser con los otros» solitario e inadaptado. Nuevamente, es una creencia que conviene para estar tranquilo.

Aunque yo sostengo que la experiencia genuina espiritual es mística y profundamente íntima, también pienso que algo que podemos aprender de la religión es que la espiritualidad puede ser comunitaria. Y ello para vincularnos con otros, entrelazar nuestros corazones, compartir. Y es así como las costumbres, la institucionalización, la moral, las normas, las alianzas y los apoyos brotan como otra manifestación de lo espiritual.

Podríamos argumentar que integrar todas estas dimensiones de lo humano (cuerpo, mente, ego y sociedad) con lo espiritual podría diluir la experiencia espiritual, pero debemos reconocer que, aunque cada dominio tiene sus propias reglas y conceptos, llega un momento en que todos estos ámbitos pueden entrelazarse. Y esto no está exento de problemas, pues una espiritualidad excesivamente corporalizada puede verse esclavizada por la química del cuerpo y puede llevarnos a la adicción; o una espiritualidad excesivamente intelectualizada puede llevarnos a construcciones conceptuales disociadas de la realidad, tomando como general lo subjetivo, construcciones delirantes o, al menos, excesivamente imaginativas; o una espiritualidad excesivamente egoica puede llevarnos al narcisismo espiritual, a egos cósmicos que divinizan un yo sediento de reconocimiento; o una espiritualidad excesivamente socializada, la cual lleva a doctrinas y tradiciones rígidas, sistemas de valores que impiden ser diferente, el libre pensamiento, el espíritu crítico, la revisión moral, la libre elección, la discrepancia...

Intuición, ciencia y espiritualidad

La espiritualidad puede tener algunas consecuencias negativas, como una peligrosa tendencia hacia la falta de racionalidad y espíritu crítico, o una propensión al exceso de pensamiento mágico y creencias que pueden tener la función, por ejemplo, de hacer que la vida, la muerte, el más allá y el misterio sean menos aterradores.

Relacionado con esto, es común observar que en muchos ambientes espirituales se devalúen en extremo la razón y la ciencia, dos pilares sobre los cuales, aunque imperfectos, se ha debatido ampliamente respecto a sus nebulosos límites y capacidades. Es un tema apasionante y este libro lo estará abordando continuamente. Ahora bien, no estoy diciendo solamente que se relativice un poco la importancia de la razón o la ciencia, ni que se bajen de su atalaya de marfil, sino que afirmo que se puede llegar a rechazarlas completamente.

En mi opinión, este rechazo absoluto me parece peligroso.

Sin embargo, antes de emprender una defensa de la razón y la ciencia quisiera reivindicar aquello que no es racional y que creo que es valioso. Este enfoque me permitirá destacar una mirada antirreduccionista de todo este problema, rescatando el valor de lo no racional sin caer en la trampa de la sinrazón. Inevitablemente soy consciente de que voy a ser antipático en muchas de mis reflexiones y quisiera transmitir un mensaje más armonioso e integrador. No es solo para caer bien, sino porque es lo que pienso.

Pues bien, en la esfera personal, algunos científicos me desafían por ser astrólogo, criticándome por practicar una disciplina que carece de evidencia científica. Soy plenamente consciente de que la ciencia refleja un tipo de conocimiento, una mirada al mundo, una mirada entre otras. Eso sí, la mirada más sólida, definida, objetiva, lógica, consciente y consistente. Sin embargo, la realidad también puede ser (o puede ser vista como) fluida, confusa, subjetiva, paradójica, inconsciente y ambigua.

La ciencia concibe el ser del mundo como algo material cuantificable por lo que el método científico es tomado como el único camino legítimo hacia la verdad. No obstante, existen otras formas de concebir la existencia y, por lo tanto, otros caminos para su conocimiento. Por ejemplo, no es nada sencillo atrapar y comprender el contenido simbólico de lo onírico.

Normalmente, el científico que critica algo por no ser científico asume una sola concepción del mundo y, por ello, se aferra a un único acercamiento. Cualquier otro conocimiento es juzgado como erróneo o inferior.

Es cierto que actualmente, por ejemplo, la astrología no es científica. Pero, a pesar de ello, pienso que hay realidades con las que nos podemos relacionar de una forma más intuitiva, corporal y emocional; realidades que podemos comprender e incluso saber que son reales a pesar de que la ciencia no lo garantice. Y es que no solamente existe la realidad que ha sido sólidamente contrastada. Por ejemplo, ¿cuántas teorías científicas actualmente bien establecidas fueron tomadas al principio como delirios o puro caos mental? Pues la lista es interminable: heliocentrismo, relatividad, gérmenes, placas tectónicas, cuántica, vacunas, deriva genética, penicilina, Big Bang, neuroplasticidad...

Yo elijo pensar el mundo en su totalidad: su orden y su caos, su ciencia y misterio, aunque no siempre tenga las mismas garantías de saber hasta qué punto lo que pienso es realmente cierto. Por eso, me abro (aunque siempre críticamente) a todo conocimiento. El conocimiento científico sería uno, pero también existiría el —vamos a llamarlo— *intuitivo,* que usaría el poder del inconsciente o, mejor dicho, de los procesos implícitos. No obstante, no osaría tratar a este último como una verdad contrastada, algo que a menudo se hace. Con la intuición no alcanzamos certezas (en el sentido científico), sino sensaciones de verdad, que es algo muy diferente, y a mi juicio hay que tener clara la diferencia. Podemos intuir que algo es verdad (y puede serlo, insisto) pero debemos ser conscientes de que estamos usando un canal que habitualmente incurre en sesgos cognitivos influenciados por nuestros valores, ego e ignorancia.

En resumen, intuición y razón son procesos diferentes con una validez que debe medirse de manera diferenciada, pues operan en ámbitos distintos. Pero no nos engañemos, las intuiciones pueden ser tan ignorantes como la razón (y la sinrazón). Es decir, ¿de qué sirve tanta intuición si no la cultivamos y enriquecemos con conocimiento y experiencias de calidad, si no la cultivamos a partir de un modelo del mundo que funcione? En este sentido, ¿de qué sirve si los procesos cognitivos automáticos que caracterizan las intuiciones no han sido entrenados en el procesar riguroso?

Dicho cómo realmente lo pienso: ¿de qué sirven mis intuiciones si son intuiciones de mierda?

No abusemos del argumento de que la intuición va más allá de la razón y del conocimiento. La intuición, tal como decía antes, tiene algunas ventajas y sí creo que permite aprehender la realidad y la vida de formas que la razón no puede. Pero eso no quita que podamos estar ante basura intuitiva presentada como producto áureo.

Tras hacer un reconocimiento moderado a la intuición, vamos a volver al problema del rechazo a la ciencia por parte de muchas personas que se identifican como espirituales.

Exploremos ahora los motivos más habituales de este rechazo.

Estoy de acuerdo con que la ciencia puede estar distorsionada por intereses humanos o que puede estar limitada epistemológicamente. Sin embargo, este no es el núcleo del problema que quiero señalar. Luego podemos reflexionarlo, pero creo que, en este caso, no es lo principal, a mi juicio al menos. Aunque, por supuesto, no se puede negar la existencia de dogmas científicos y del cientificismo como su forma reduccionista y fanática, debemos recordar que, al mismo tiempo, el pensamiento científico, usado de forma genuina, nos ofrece un camino flexible y, a la vez, riguroso intelectualmente. Y lo más importante, la ciencia nos aproxima a lo espiritual, pues no importa el sujeto ni el ego. Es el conocimiento a pesar de nuestras creencias, personalidad y valores. Y también puede ser muy espiritual en el sentido de que nos abre las puertas a realidades que trascienden nuestra experiencia cotidiana, hablándonos de lo que parece formar parte de un orden que nos es ajeno. Por ejemplo, nos habla de indeterminación cuántica, de relatividad, de células, moléculas que codifican la vida, etcétera. Sí, lo típico que experimentas cuando bajas a comprar el pan.

Desde esta perspectiva, la espiritualidad es capaz de ir más allá de los intereses egoístas del ego, podríamos considerar que la ciencia sería un camino privilegiado para lo espiritual. De hecho, podremos reconocer que muchos científicos, gracias a su ciencia, han sido o son profundamente espirituales y místicos. Ejemplos serían Albert Einstein, Wolfgang Pauli, Katherine Johnson, Niels Bohr, Lynn Margulis, Nikola Tesla...

Y no solo eso, también en referencia a estos nombres propios, creo que puede considerarse espiritualidad ser un científico revolucionario, un cuestionador del paradigma científico, que pone patas arriba la normalidad del discurso oficial, la percepción ordinaria, que está dispuesto a ser rechazado, aunque su ego no quiera (el cual preferiría ser aceptado y querido por los suyos). Son personas extraordinarias, capaces de abrirse a intuiciones que les revelan un nuevo mundo, un nuevo paradigma de realidad y verdad.

Como amante de la ciencia ficción puedo estar profundamente sesgado, pero ¿qué más trascendental que concebir un saber que hace avanzar de forma estructural el presente y lo que tomamos como realidad ordinaria?

Por último, también considero que la ciencia enriquece la espiritualidad debido a que incluye una mirada existencialista, profundamente nihilista, donde nada tiene un sentido trascendente predefinido y donde nada divino define lo que está bien y está mal. Es un poco radical, pero me parece atractiva la idea de que el existencialismo vaya más allá de las preferencias del ego. Es decir, va contra el ego tener que aceptar un universo que no tiene un sentido o que es monstruoso y nos trata como insignificantes o como simples productos del azar.

Después de todo, ¿quién decía que ser espiritual solamente es creer que todo es amor, bondad y arcos iris de azúcar moreno?

Azar y nihilismo

Así pues, espiritualidad también sería poder respirar un universo donde existe el azar, al menos desde la percepción del ser humano. Quizá todo esté determinado, pero no significa que todo tenga un sentido para el ser humano. Es decir, no todo lo que nos sucede es una casualidad significativa, un fenómeno de sincronicidad que revela algo de nosotros, una experiencia que trae aprendizaje. Este tipo de principios espirituales, si son generalizados y tomados como

37

verdad absoluta, pueden ser luego base para hacer aseveraciones que, dicho suavemente, requerirían mucha más prudencia. Todo ello revela lo mal que establecemos el límite y las posibilidades de la intuición, la razón y la ciencia.

En definitiva, en nombre de lo espiritual y de la inutilidad de la razón y la ciencia, acabamos desarrollando explicaciones equivocadas y potencialmente perniciosas.

Por ejemplo, he tenido clientes que me contaban que sus terapeutas o astrólogos les hacían responsables por haber sufrido abusos sexuales o por haber sido injustamente despedidos. Si todo es por algo tuyo personal y abusan de ti, eso es por ti y para ti.

Pero ¿qué es esta mierda?

Que las sincronías existan es algo que considero probable, pero no creo que sea una ley que excluya la pura casualidad fruto del azar. Negar el azar al sobrevalorar el misterioso fenómeno de la sincronicidad podría llevarnos a una culpabilización tóxica y a un egocentrismo espiritual, en el que el individuo se ve como el centro del universo. Peligroso.

Y todo este lío se inicia por un error deductivo a partir del principio «todo es uno», principio aceptado por todas las tradiciones sapienciales. Sin embargo, el todo está compuesto de lo múltiple y esta multiplicidad está estructurada, ordenada en una jerarquía o red de relaciones donde hay partes que están directamente relacionadas (A y B) pero otras que no (C y D), aunque su proximidad temporal o espacial pueda engañarnos.

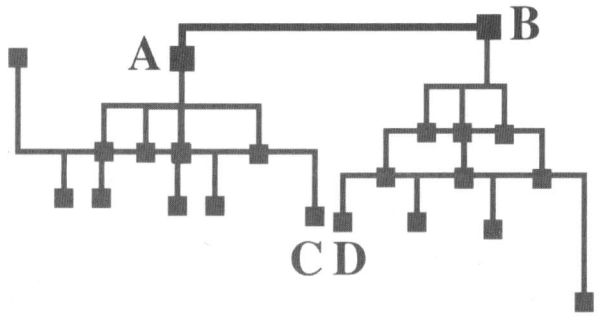

Y es que es un error común, fruto del aprendizaje asociativo, llegar a la conclusión de que dos eventos ya están correlacionados solamente por contigüidad espacial (por estar juntos) o temporal (por ocurrir a la vez). Sin embargo, muchas veces no es así y ambos eventos son resultado de cadenas causales independientes.

Imagina que vas en un tren y justo cuando llegas a tu destino (C), comienza una tormenta eléctrica (D). Podrías pensar que la tormenta tiene algún significado en relación con tu llegada. Sin embargo, las cadenas causales de ambos fenómenos son completamente independientes. Por un lado, la tormenta comenzó a formarse horas antes, cuando se acumularon nubes cargadas de humedad, cuando la temperatura cayó bruscamente y la presión atmosférica cambió, desencadenando así una tormenta eléctrica en ese momento. Por otro lado, de forma independiente, tú te subiste al tren a la hora prevista, luego el tren recorrió su ruta habitual y finalmente llegó a su destino en el momento esperado, siguiendo un horario establecido. Ambos eventos coinciden en el tiempo, pero no, no están relacionados. Aquí la sincronía es meramente una coincidencia temporal, sin conexión significativa (sin sincronicidad) entre las dos cadenas causales.

Ahora bien, creo que cualquier evento, de forma relativa, puede llegar a estar conectado indirectamente con cualquier otro evento (C y D estarían en contacto a través de A y B), pero la mayoría de las veces los eventos no estarán directamente en relación significativa. No, ni siquiera hablando de la teoría del caos ni leches.

Querer hacer una lectura significativa de una coincidencia insignificante nos hace correr el riesgo de perder la conexión con la realidad, de malinterpretar el mundo según lo que nosotros percibimos selectivamente, de ser esclavos de aquellas creencias y valores personales que dirigen inconscientemente nuestra atención y pensamiento hacia lo que nos interesa confirmar. Ese tipo de autorreferencialidad puede rozar lo delirante.

Así pues, es cierto que todo pasa por algo, pero no siempre ocurre por ti o para ti.

Repito: aunque todo sucede por alguna razón, no siempre es por ti o para ti.

De hecho, pocas cosas me parecen más egocéntricas (y por lo tanto contrarias a la concepción de una espiritualidad transegoica) que esta idea de que todo lo que nos ocurre guarda siempre un sentido para nosotros. Como si todas las partes del universo tuvieran que relacionarse de forma significativa con nosotros, como si todo lo que nos pasara —o todo con lo que coincidiéramos en espacio y tiempo— tuviera que guardar alguna razón oculta y trascendente.

No, al universo probablemente le somos indiferentes o, al menos, no hay evidencia para pensar lo contrario. Recordemos que, con sus límites, existen herramientas como la estadística, que nos permite determinar si dos variables están realmente relacionadas o no. O no.

O no.

Qué poco nos gustan los noes.

Podríamos discutir la posibilidad de abrirnos a formas de relación más allá de la significancia estadística, pero eso implicaría aclarar los peligros de los sesgos y los dogmas.

Como humanos, necesitamos encontrar sentido a nuestras vidas y es una necesidad tan poderosa que no es extraño que generemos creencias tan estrafalarias e ingenuas, sobre todo cuando algo nos genera incertidumbre y nos hace sufrir. Nuestra tendencia a creer en mierdas es proporcional a la poca tolerancia al estrés y a la necesidad de respuestas ante un mundo lleno de incertidumbres. Continuamente creamos creencias que son absurdas desde un punto de vista filosófico, pero que tienen una función psicológica. De hecho, cuántas creencias hay sobre el más allá de la muerte para poder afrontar la angustia de nuestro destino.

Así pues, psicológicamente, son creencias legítimas.

Pero si lo que nos interesa es saber cómo es el mundo en sí, afrontar su cruda complejidad, entonces no podemos obviar algo tan central como la lógica causal (en todas sus formas) con la cual, mediante razonamiento inductivo y deductivo, definir qué guarda relación y qué no, con la realidad y la verdad.

Tampoco con todo esto estoy rechazando la intuición, o incluso la fe, ya lo hemos hablado, pues realmente sí creo que pueden conectarnos con algo trascendente. Pero lo que señalo aquí son los peligros inherentes a esas mismas intuiciones y creencias. La intuición y la fe no son necesariamente inocuas, inofensivas o veraces. De hecho, ni siquiera la razón o la ciencia lo son completamente.

Dormidos, despiertos y nuevos despiertos

Es consabido que hay personas que están dormidas creyendo la versión oficial. También hay «nuevos» despiertos, quienes cuestionan solamente lo oficial. Por último, están los despiertos, quienes saben pensar en gris o, mejor, en todos los colores. Ni todo lo que dice el sistema es cierto ni todo es falso. El pensamiento dicotómico nos arrastra hacia el fanatismo, ya sea oficialista o antisistema, y el fanatismo es ignorancia pues nos obliga a aceptar *packs* indivisibles de datos e interpretaciones sin análisis crítico.

Pensar en libertad significa saber considerar alternativas, atreverse a rebelarse contra las tendencias generales cuando es necesario. Recordemos experimentos en psicología como el de Asch en los que un sujeto tenía que decir qué línea era la más larga (elegía entre tres), pero escogía mal a pesar de ser evidente la respuesta correcta (pues estaba en un grupo donde todos elegían la incorrecta a propósito para generar presión grupal). Así pues, existe el poder del grupo sobre el individuo, y el conformismo puede nublar incluso juicios aparentemente simples.

Sin embargo, el librepensamiento no implica una obligación de rebelarse; no significa rechazar automáticamente las versiones oficiales. A veces, lo que dice la mayoría es verdad. Así de sencillo. A veces lo que expresa el sistema es verdad y bienintencionado, sin segundas intenciones, sin intereses ocultos. Por lo tanto, es indispensable mantener un equilibrio entre la rebeldía y la conformidad. No hay que demonizar ninguna de las dos. De hecho, aunque el librepensamiento es esencial, también es importante reconocer cuándo es necesario unirse a un consenso, especialmente en situaciones de crisis o cuando se requiere acción colectiva.

Paradójicamente, muchos movimientos que se presentan como alternativos, en rebeldía ante borreguismo y el engaño sistemático de las élites, acaban conformando sus propios círculos de influencia, donde los individuos, supuestamente liberados del sistema principal, son esclavos, no obstante, de la influencia de este nuevo grupo. Existen estudios que demuestran que estos movimientos no son capaces de diferenciar (dentro de sus redes) una teoría alternativa absurda de una bien argumentada. El supuesto espíritu crítico del pensador alternativo solamente se aplica de forma selectiva a lo externo, mientras que la información interna del grupo se acepta sin cuestionamiento. Quizá los nuevos despiertos no estén dormidos, pero a menudo sueñan despiertos.

Es cierto que discriminar cuándo la verdad estará más cerca de la conformidad o la rebeldía no será sencillo, pues frecuentemente carecemos de la información para saberlo. Aquí entra en juego no solo la intuición, sino también la capacidad de pensar de manera libre y crítica, de forma bayesiana, evitando los sesgos y reconociendo que siempre habrá incertidumbre e ignorancia.

Pensar libre, pensar bien

Pensar libremente y bien también implica no ser esclavo de los numerosos factores psicológicos que influyen en nuestra búsqueda del conocimiento. Los científicos, en general, tienden a estar más alerta y conscientes de estos sesgos. Entre ellos se encuentran la tendencia a encontrar patrones inexistentes (lo que a veces resulta preferible a ignorar los patrones que sí existen), el efecto Dunning-Kruger, el sesgo de confirmación, sesgos egocéntricos como el efecto Forer, el efecto de la verdad ilusoria, la laxitud cognitiva y la ideación mágica, entre otros.

Creo que es conveniente reconocer que el camino hacia la «verdad» es profundamente humano y cargado de emociones (y ensayos) y errores. Este proceso se convierte en algo muy personal, especialmente cuando se trata de conocimientos con los cuales nos identificamos o en los que basamos muchas de nuestras decisiones y perspectivas de vida. Nuestra «verdad» nos define —tanto la verdadera como la falsa— por lo que hay mucho en juego. Ya lo mencionaba antes, poner toda nuestra autoestima solamente en una dimensión puede dificultar mucho nuestra capacidad autocrítica.

Confiar en la ciencia y su ignorancia

Así pues, ¿podemos confiar en la ciencia? Es habitual acusarla de ser cómplice de múltiples engaños y manipulaciones. Sin embargo, no creo que esto sea la norma si se comprende mínimamente cómo se organizan los científicos, sus métodos y valores.

Por supuesto, la ciencia la practican los humanos y no podemos obviar la existencia de...

1. Sesgos psicológicos, como el sesgo de confirmación que nos hace encontrar pruebas de aquello que creemos que es verdad. Esto ha llevado a forzar demostraciones.
2. Intereses académicos: el imperativo de competir por publicar lo máximo y en revistas de gran relevancia ha motivado investigaciones fraudulentas.
3. Intereses económicos: una línea de investigación que busque fondos puede beneficiarse de una investigación que ofrezca resultados prometedores y ello ha provocado manipulación de datos.
4. Intereses políticos: también hay censura y control sobre determinados conocimientos y tecnologías, ya sea a través de patentes o secretos que otorgan ventajas estratégicas.

A pesar de sus limitaciones, considero que el sistema científico sigue siendo el más transparente y democrático que tenemos, debido a ciertas características:

1. Una red mundial entre países de todo el mundo con miembros de todo tipo de instituciones públicas y privadas —con diferentes motivaciones y escalas de valores— y que comparten investigaciones y recursos en un clima de cooperación y competición. En la mayoría de los temas se hace imposible contemplar la posibilidad de manipular la evidencia o de mantener un pacto de silencio que involucre a tantísimas personas.
2. El conocimiento científico es provisional, en continua revisión,

por lo que tarde o temprano se replica casi cualquier investigación y ello permite destapar fraudes.

3. El método científico es exigente, ya que toda afirmación debe estar acompañada de evidencia controlada, evitando caer en sesgos. Eso permite detectar cuándo alguien ha desarrollado una investigación influido por intereses o siguiendo una metodología deficiente.

4. La ciencia practica la humildad y el reconocimiento de lo que no se sabe o requiere más debate y más estudios antes de aceptar un grado considerable de validez. Confucio decía: «Saber que se sabe lo que se sabe y lo que no se sabe; he aquí el verdadero saber». No hay camino más seguro hacia el conocimiento que reconocer no saber algo. Y esto la ciencia lo practica constantemente. De hecho, todo artículo científico tiene un apartado dedicado a los límites del estudio, señalando áreas para futuras investigaciones. Esto permite saber dónde poner el foco para seguir aprendiendo más y evitar la tentación de llenar el hueco del no saber con cualquier basura con pretensión de certeza.

Y es que no hay peor manera de abocarse a la ignorancia que ser incapaz de sostener el no saber o no saber de nuestro no saber.

Y no me vale lo de «no existe la verdad y todo es relativo». Ese debate, para mí, está filosóficamente superado en el ámbito de la epistemología. Detrás del relativismo y el «no hay verdades o todo es igual de verdad» se esconde la mayor de las perezas intelectuales, una peligrosa idea del *new age* simplificada, un casposo intelectualismo posmodernista desconectado de la realidad y un contradictorio dogma, al fin y al cabo.

Tampoco me vale lo de «pues yo lo veo todo muy evidente» (pasamos del «todo es relativo» a «yo sé la verdad»). Detrás del fanatismo y de las verdades absolutas se esconden un profundo terror a la incertidumbre, una obsesiva necesidad de control y de sentirnos por encima. Nos guste o no, vivimos en un mundo muy complejo de comprender, por lo que sentenciar, por ejemplo, el estado del panorama geopolítico o macroeconómico es algo altamente especulativo que no podemos tratar como certeza, por mucho que lo necesitemos.

Así pues, cualquier cuestión que sea compleja requiere de un paciente y profundo estudio, así como de una preparación para estar a la altura de dicho estudio. Si aquello que te gustaría saber es complejo tenemos dos opciones que considero las más adecuadas: estudiarlo en rigor sin prisas o reconocer no saber.

Reflexiones finales

Me dejo de rollos ya y pasemos a los relatos: para mí, la parte central del libro, la que he realizado con más amor. Este libro no pretende ser algo teórico o académico. Es un ejercicio personal de creatividad, de imaginación, de espíritu crítico y de reflexión existencial.

Creo que es un hecho que, en lo más recóndito de nuestro ser, algo nos llama recalcitrante a lo trascendental, a aquello abrumador por definición. Esta realidad tiene algo que no logro comprender, algo que extrañamente me impregna... y su aroma me atrae. No sé si en el fondo es el olor de mi propio aliento, el rastro que queda cuando grito en silencio.

El mundo espiritual es fascinante y, paradójicamente, humano. Pero resulta difícil encontrar claves para comprenderlo a través de las palabras. Es agotador. A veces la poesía lo facilita. Y, sin embargo, es innegable que se han escrito grandes palabras para comprender la grandeza de la espiritualidad. A menudo encuentro perlas en mis lecturas, meditaciones o experiencias, pero a la vez son como reminiscencias, espejismos y sueños. Lo espiritual es algo tan inmediato y englobante que no hay un afuera para hablar de ello con objetividad, como objeto separado del sujeto. No hay forma de hablar de ello si no es desde la experiencia humana, haciendo sujeto lo que es objeto de estudio.

El universo huele a olor.

Olor que recuerda la hierba decapitada.

Es como encontrar una llave sin dirección. No hallarás la puerta, ni en un millón de años. Sobre todo, porque constantemente probarás la llave en las mismas cerraduras que dirás poder abrir.

Te enfrentarás a la fragilidad de tu humanidad. No creo que sea irremisible renunciar a la búsqueda de una respuesta. Hay algo anagnórico en ello, en el sentido de que, como en las tragedias griegas, este proceso puede llevarte a un momento de reconocimiento, donde finalmente descubras una verdad crucial sobre ti mismo o sobre otros. Anagnórico se refiere al reconocimiento de identidades que estaban ocultas, un giro revelador que transforma la percepción de quienes están involucrados. Algo así... Esto va de g y n, que van juntas por cuestiones etimológicas: lo anagnórico es que un día te vuelves agnóstico. Al menos como etapa. Aquello que hacía lo espiritual algo que experimentar más allá del ego, como una verdad trascendental, se revela como una experiencia a rebosar de dicho ego. Aquello que se creía sésil, impertérrito, acendrado, se descubre con un pedúnculo de ego. Así cuelgan las manzanas en el árbol del todo.

En fin, todo esto ha sido mi experiencia, y de eso trata este libro. Es mi verdad ahora. Pero estoy abierto a más hitos anagnóricos en mi vida.

2
Cuentos

EL ELLO

El maestro yogui meditaba junto a su discípulo, de espaldas al sol saliente, serenos ambos y con los ojos cerrados. De vez en cuando, el discípulo entreabría algún ojo para comprobar que todo estaba bien. Pero el yogui se mantenía en calma. Decían que era lo esperable en alguien capaz de integrar en su ser todos los estímulos externos, pues él era uno con el todo, su amor al todo extendía su ser infinitamente. La húmeda brisa marina deslizaba su aliento salado sobre la piedra redondeada del paseo marítimo, impregnando con su frescura la piel del yogui y de su discípulo.

Ante ellos se alzaba un bello amanecer. ¿Acaso existen los feos amaneceres? No, ni para el que agoniza. Ningún drama podía corromper ese lienzo electromagnético impactando nuestra alma.

El discípulo era incapaz de meditar... Pensaba obsesivamente en cuestiones mundanas. Tenía que ir a trabajar y hoy le esperaban bastantes retos. Él era psicólogo de profesión y no había analizado todos los datos de los últimos test psicométricos que había realizado a sus pacientes. Recientemente se había interesado en la meditación, curioso por todo el auge mediático y académico que el *mindfulness* había suscitado gracias a la eficacia que había demostrado para algunos trastornos.

—Maestro, ¿qué puedo hacer para poder estar en el presente? No dejo de pensar en el trabajo.

—Joaquín, que no me llames maestro, ¡que eres mi jefe! Llámame Álvaro —dijo Álvaro, el maestro yogui.

—Es que así le damos a esto más emoción —dijo Joaquín, el discípulo y jefe de Álvaro.

—Joaquín, esto es serio, sabes que todo esto me lo tomo muy en serio. Lo amo y es una parte de la vida muy importante para mí. Es donde participo en el todo. Es esa parte de mi vida donde no soy solamente una parte, donde no hay un otro afuera, donde toda parte incluye la otra, donde la multiplicidad se entreteje en unidad. Es estremecedor abismar una experiencia así, pero aun así, me supone una profunda experiencia de paz, agradecimiento y éxtasis.

El discípulo admiraba sus palabras y su naturalidad a la hora de hablar de algo así. Para él realmente era un maestro. Y así era.

De pronto, una tercera persona hizo acto de presencia.

Y su presencia se hacía de alguna manera palpable. No por ningún ruido, no por aparecer en su campo de visión, no por su olor —se percatarían pronto de que apestaba—, no por nada en concreto. No, no y no, nada de eso. Su presencia se sintió porque el yogui y el discípulo dejaron de sentir que controlaban la situación.

Así de simple.

El loco había traído consigo un enigmático caos, una ruidosa locura silenciosa. El yogui había dejado de tener la sensación de ser uno con el todo. Había algo en ese todo que el yogui no estaba dispuesto a fagocitar espiritualmente.

Ese algo era esa presencia.

No era capaz ni de atisbar la posibilidad de integrar dicha presencia. Así que sencillamente no la integró. Era una amenaza, pero no en el sentido humano de la palabra. Era una amenaza global, universal.

Para Dios.

Esa presencia, por alguna razón, se sentía como una certera amenaza a la existencia misma.

Finalmente, el yogui y el discípulo reunieron fuerzas para dirigir la mirada a esa aterradora presencia. Era un hombre muy alto, delgado y fibroso que vestía sucio, asimétrico y conjuntado sin sentido. Parecía un mendigo. Sorprendentemente, el loco mantenía una posición corporal con extrema destreza y quietud. Se trataba de una rebuscada postura de yoga, pero aparentemente contraria a la forma humana, inaudita para el mismo yogui y el discípulo. Era una postura que inspiraba una delirante sabiduría inhumana, una experiencia propia del que ha vivido infinitas vidas. El yogui y el discípulo eran testigos de una exploración corporal por las más recónditas posturas dentro de lo humanamente posible, un viaje a través de nuestra versátil anatomía, sus articulaciones y músculos, sus venas y nervios, sus órganos y entrañas, sus ciclos y rugosidades... Todo parecía extrañamente ordenado en esa postura.

El yogui observaba sin poder asimilar la sublime perfección de esa postura. Posiblemente, ningún ser humano había dispuesto su cuerpo en esa creativa configuración. Cada una de las partes de su cuerpo estaban en perfecto equilibrio, en un estado de calmada tensión, de tensa calma. El loco mantenía una respiración en la que cada exhalación era lenta y continua, pero cada inhalación se convertía en un forcejeo sutil, como si al tomar aire debiera vencer una resistencia invisible, absorbiendo algo que se negaba a ser poseído, un aire espeso que parecía oponerse a entrar.

De una forma casi imperceptible, el yogui y el discípulo se percataron de que estaba continuamente variando de posturas, hasta que, de una forma hipnótica y fluida, casi imposible, volvió a perfeccionar una nueva posición. Pero aquella vez era una versión extrema del *natarajasana* o postura del bailarín, solamente que parecía que su pie alzado invocaba un portal a otra dimensión, como si su pierna fuera espaguetizada por un agujero negro visible solamente por el espíritu. Esa pierna cuyos bordes se difuminaban con una especie de borroso remolino estaba invocando una dimensión maléfica situada en un portal en el cielo.

A pesar de ese equilibrio, el loco no transmitía paz, todo lo contrario, se intuía como evidente que la más leve alteración de ese equilibrio sería el inicio del fin, de una reacción en cadena hacia la oscuridad más antisagrada y recóndita.

Hasta que hubo una fatal alteración.

Una misteriosa onda cuántica barrió ese momento, como un tsunami silencioso, un acorde de antimateria, un millón de micropuñaladas de seda.

En ese instante, el loco dijo:

—Te equivocas. Todo esto no es serio.

Silencio.

—¿Perdón? —dijo el yogui sintiendo al interlocutor como un abismo.

—Dices que esto que hacéis aquí es serio. Pero no lo es.

El loco volvió fluidamente a una postura más natural, sentado en el suelo, un poco encorvado hacia delante.

—Aunque hoy en día solamente soy un loco, en el pasado yo también practicaba la meditación, el yoga y ambicionaba la iluminación.

—Sin duda, se nota que tienes un dominio excelso —dijo el discípulo muerto de miedo, buscando adularle amigablemente y fomentar cierta paz con ese ser infernal.

El discípulo continuó diciendo:

—¿Cómo llegaste tan lejos en el arte del yoga?

—Durante años entrené mi conciencia para controlarlo absolutamente todo: todos los estímulos externos, todas las sensaciones de mi cuerpo, todas mis emociones y todos mis pensamientos. Con el tiempo logré olvidarme del logro, entré en un estado de plenitud, quietud y compasión. Como sabéis, todo ello es resultado de varios procesos que confluyen en lo mismo.

—No sé a qué procesos te refieres —dijo de nuevo el discípulo.

—La purificación o la *abhidhamma*, el dominio de la visión interior o la *puñña*, la concentración meditativa o la *samadhi*. Paulatinamente, fui profundizando en niveles de consciencia cada vez más profundos. Para ello me deshice de los placeres sensuales y mentales. Ya no era cuerpo ni mente. En ese proceso de trascendencia toqué el infinito. Pero reconozco que seguramente abusé. Manoseé el infinito como si poderlo tocar me diera permiso para hacerlo con tanta soberbia. Finalmente, una noche mientras dormía, el infinito me depredó. Me agarró mi brazo y me arrastró a su luz para siempre.

El loco hablaba elocuente y coherentemente. El yogui y el discípulo escuchaban atentamente, expectantes por la certeza de que algo catastrófico iba a suceder en cualquier momento.

Aunque el amanecer embellecía esa situación, ese hombre encarnaba la aleatoriedad, la anomalía, la generación de caos. Era lo perfectamente opuesto al amanecer como símbolo sagrado, símbolo de la divina belleza predecible, de una vida que fluye como tiene que fluir, con causalidad, con lógica causal, símbolo del idealismo empirista y la vida universal.

El yogui, después de escuchar la sabiduría del loco, espetó:

—Es muy sabio todo lo que nos cuentas. Es admirable la capacidad de focalizar tu mente que demostraste con tus posturas. Es clave controlar la mente para evitar distracciones.

—Tú no controlas nada.

—¿Cómo?

—La locura teje su caos detrás de tu ilusión de control. Los dragones están ahí fuera y aquí dentro —dijo el loco tocándose el pecho—. Somos esclavos de nuestros delirios. La única manera de ser libres es sometiéndonos al abismo del absurdo. Es la única manera de liberarnos de los límites y de los miedos propios de lo humano.

Es la única manera de poder participar en lo divino y volver. El filósofo Protágoras decía que el humano es la medida de todas las cosas. Pues bien, estas cosas que nos interesan no pueden ser medidas por lo humano. Así pues, la perplejidad y el sinsentido son el camino a esta realidad trascendental.

Al maestro yogui le sobrevino un profundo y visceral impulso misterioso, una pulsión motivada por un intenso miedo existencial que emergía de un lugar interior que no conocía ni controlaba. Y agredió sin poderse contener:

—Estás perturbado, no entiendo nada...

El yogui estaba aterrorizado, como si hubiera apretado involuntariamente el botón de guerra nuclear. Continuó hablando como quien intenta arreglar lo irreparable, como si quisiera reenganchar una extremidad amputada o revivir a un ser querido ya fallecido. Ya sentía que no había nada que perder.

—Pero si estás diciendo que superaste toda una serie de obstáculos que te permitieron controlarlo todo. ¿Por qué hablas entonces de la locura? ¿No es lo divino la suprarracionalidad y la supraconciencia? ¿No es la trascendencia un lugar de luz balsámica? Esta ha sido la experiencia de prácticamente todos los místicos que han dejado sus memorias.

—Jamás osaría, ni en un millón de años, eliminar la sucia aleatoriedad de mi vida. Jamás renunciaría a la irracionalidad de mi inconsciente. Buscando el control hallé la divinidad del caos y su mayor poder: la creatividad. Descubrí que todo el proceso que había realizado anteriormente me llevaba a querer identificarme con la quietud extrema de la muerte. Pero eso no es lo que profundamente quería ni es lo que quiero. Yo no quiero ser muerte, quiero ser vida, y la vida es fértil, creativa, flexible, adaptable a la emergencia de lo nuevo. Por todo ello, abandoné la sabiduría que había explorado hasta el momento. Sin duda, todo ese saber me había servido como un *sherpa* que te guía por las montañas rocosas. Pero ese guía trazaba un límite en mi aventura y se despedía en la frontera con un territorio que él ya desconocía.

Un barco pesquero pasó muy próximo en ese momento. Decenas de pescadores estaban haciendo sus labores de preparación mientras miraban de forma curiosa al loco. El loco detuvo un momento la conversación y se incorporó hacia los pesqueros. Se limitó a mirarlos mientras seguían su rumbo. Todos quedaron petrificados, temblando, en un intenso silencio en el que el sonido del mar lo llenaba todo. Segundos después ya se estaban alejando, bendita inercia del barco que los distanciaba, aunque ahí seguían mirando hacia el mismo lado, al infinito.

Quedaron así fusionados al loco para siempre.

El loco se volvió de nuevo al yogui y al discípulo, y continuó como si nada:

—Por mucho que veamos que no controlamos o que no somos conscientes de algo, de nada sirve hacer un esfuerzo de conciencia y control. Solamente podemos ser conscientes de nuestro fracaso de controlar, de nuestra finitud e ignorancia, de cómo la consciencia nos separa de la realidad en toda su inmensidad. El inconsciente sigue siendo un infinito en comparación con todo el trabajo de conciencia que podamos hacer. Vivir el infinito no es algo que toca la conciencia. El infinito se vive sucumbiendo y yo he decidido sucumbir a esa inmensidad. Por humildad.

—Pero ¿cómo has llegado a estas conclusiones? Los seres humanos necesitamos sentir control. Esa es la esencia de nuestra adaptación y evolución —dijo el discípulo, psicólogo clínico de profesión.

El loco contestó:

—Yo trabajaba haciendo pruebas de sonido en un gigante de las telecomunicaciones. Para realizar determinadas pruebas disponíamos de una habitación muy especial: una cámara anecoica, una cámara completamente insonorizada con una tecnología de paredes de muchas capas de hormigón, de materiales superaislantes en cuñas de fibra de vidrio diseñadas para capturar y romper todo el sonido y evitar así su rebote. Dentro de esta habitación, si hablabas, las ondas no llegaban a rebotar en ti. No podías oír nada, ni tu propia voz, solamente escuchabas tu corazón y tu respiración. Era y es el lugar más silencioso en la Tierra. En ese lugar controlábamos todo tipo de factores acústicos de los nuevos teléfonos móviles, ordenadores y todo tipo de dispositivos electrónicos. Siempre se controlaba que el producto no generara mucho ruido o que los sonidos no revelaran alguna anomalía de diseño. El caso es que a mí se me ocurrió que podría hacer mis meditaciones en ese lugar, que podría encontrar la quietud ideal. No podéis imaginar de qué manera el mayor de los silencios puede acercarte al vacío más insoportable. Ingenuo de mí, pensaba que después de tantos años de intenso trabajo de mi consciencia podría superar todos los récords de permanencia en estas cámaras. Pero en esa quietud asomaron hacia mi mundo entes internos totalmente desconocidos. Estos entes tenían cara y aquellas imágenes quedarían fusionadas en mí para siempre. El terror más universal encontró por fin un lugar vulnerable donde asomarse. Sentí que la locura arraigaba en mí. Gocé del proceso caminando de forma inexorable e irreversible, celebrando un destino seguro: ser absorbido por el abismo del infinito cosmos escondido en mi interior.

—Pero esto me parece maravilloso —dijo el discípulo—. Es asombroso haber alcanzado tales niveles de consciencia. Eres un ser iluminado, has conocido a Dios.

—No lo entiendes. No hay ningún logro en todo ello. Los humanos no somos para Dios, como Ícaro no era para el sol. Aún hoy vivo desconectado de la realidad común, de todo paradigma. He quedado totalmente aislado. Ya no puedo jugar a vuestro juego. He quemado todos los puentes. Vivo conectado al sinsentido de la existencia, el mayor temor del ego es mi vida. He sido castigado a la trascendencia. Vivo y muero en la inspiración del desorden, en la fragmentación que desvela un eterno puzle creativo, una profunda y angustiante liberación, capaz de devolver la mirada a la inmensidad, de sostener la presencia del infinito, delirante por sí mismo, genial por destino.

Un eterno silencio de pocos segundos permitieron escuchar unas gaviotas entusiasmadas con la hora de la caza.

—Como psicólogo —dijo el discípulo—, me haces reflexionar que lo espiritual es un lugar de visita, no un lugar para residir. En nuestras investigaciones con místicos, artistas y personas con determinados problemas mentales llegamos a la conclusión de que existe un patrón subyacente de hipersincronía neuronal, de excesiva actividad cerebral capaz de hacernos alcanzar estados de fulguración intuitiva, brillantes visiones intelectuales, vivencias de despersonalización, euforia descontrolada y convicción absoluta de haber entrado en contacto con algo eterno.

—¿Crees que estoy loco? —preguntó el loco.

En ese momento, el maestro yogui y el discípulo habían llegado a un profundo grado de fusión con el loco. Era una locura sin retorno. Se habían quedado para siempre aislados de lo humano. Esto hizo que dejaran de sentir miedo, pues ya no estaban ante un abismo. Eran abismo. Solamente que no se habían dado cuenta aún.

El discípulo, psicólogo clínico —y nuevo loco— contestó al loco:

—Pues no te sé decir, porque no te conozco. Tú mismo has dicho que la locura arraigó en ti. Tampoco usamos esa palabra. Depende de lo armónicamente integrado que tengas tu personalidad con todo lo que nos has explicado. Parece que te llevas bien con tu locura y que si pierdes contacto con la realidad la abrazas y sabes sacralizarla y fluir con optimismo. Otra cosa es cómo te afecta en tu rendimiento laboral y social, pero tampoco me voy a entrometer porque es algo privado y difícil de determinar. Siempre usamos criterios basados en la normatividad social, en lo convenido, para definir quién no es normal, pero eso es insuficiente, pues tú puedes estar en paz con tu anormalidad. Quiero confesarte que al principio me has producido una inquietud difícil de definir. Siendo sincero he sentido contigo un miedo profundo y ancestral, algo que nunca había sentido. Encarnas algo de lo que he escrito mucho, algo que siempre he hipotetizado, pero que no había conocido.

El yogui, también en un estado irreversible de locura y con cierta excitación, interrumpió a su discípulo:

—Pero ¿qué estás diciendo? ¿De qué estás hablando? ¿Quieres decir que crees que él cumple las condiciones de aquello que formulaste en la investigación?

—No lo sé, puede que me equivoque, casi creo que quiero equivocarme. La verdad es que creo que sí encajaría.

Y el discípulo asintió infinitamente emocionado. El loco escuchaba, con curiosidad humana e indiferencia divina. El yogui se encaró al discípulo con discreción y susurró chillando:

—Es muy peligroso lo que estamos haciendo. Deberíamos hacerlo en el laboratorio, pero no podemos desaprovechar esta situación. Bueno, yo soy solo tu subordinado y, por descontado, tú decides qué hacemos.

El discípulo miró fijamente al loco y empezó a decirle:

—¿Eres consciente de que cuando hablas podrías estar hablando de algo que no fuera una verdad absoluta y solamente fuera una opinión más? ¿Sabes diferenciar una verdad subjetiva, una verdad que solamente es para ti, de una verdad objetiva, una verdad que solamente es para Dios? ¿Sabes diferenciar la verdad de la mentira?

—Sobre ello me hablaron muchas veces cuando estaba en tratamiento. Soy consciente de que somos seres intuitivos y que nuestras reflexiones están limitadas por nuestra humanidad. Por ello, con las intuiciones hay que ser prudentes, pues son falibles. Creo que se podía deducir de lo que os decía antes.

—Muy bien, me parece...

—Sin embargo, en momentos de éxtasis espiritual, lo cual me ocurre continuamente, todo esto lo pierdo de vista. Primero se nubla todo y siento que desaparece toda diferenciación. Desaparezco yo también y vuelvo a resurgir teniéndolo todo muy claro. Tengo la verdad de una intuición espiritual que no puede equivocarse. Incluso puedo diferenciar la verdad de Dios respecto a su mentira.

—¿La mentira de Dios? Eso es imposible. Tendrías que estar un peldaño por encima de Dios para poder saberlo. Pero a ver, ¿qué te hace pensar que en esos estados hayas trascendido toda posibilidad de error, de equivocarte en lo que dices? ¿Qué te hace pensar que tus verdades subjetivas sean, en realidad, verdades objetivas?

—¿Qué me hace pensar? Yo en esos momentos no estoy sujeto a dualidades del tipo sujeto y objeto. De todos modos, ahora no estoy en ese estado de éxtasis y sé que sigo siendo limitadamente humano, aunque participe confusamente en algo mayor. Ahora reconozco que puede que me equivoque, y así lo he podido comprobar múltiples veces.

—¿Nos estás diciendo que eres capaz de reconocer tu humanidad después de haber vivido esos estados de éxtasis místicos?

—Sí y no.

—Lo tenemos.

Ambos se retiraron unos metros del loco para hablar confidencialmente de las implicaciones de ese sujeto único. Y es cuando una pareja se acercó a Joaquín y a Álvaro, seguramente para preguntar cualquier cosa:

—Perdonad, chicos, ¿sabéis...? —dijo la mujer.

Ambos se giraron. Pasaron unos segundos. Joaquín y Álvaro observaron a la pareja y Álvaro dijo para sí mismo apenas sin aliento:

—Espera...

—Álvaro, huelen a pescado —dijo Joaquín.

EL YO AUTÉNTICO

Por fin había llegado el día de la fiesta. Se celebraba en una antigua y clásica mansión a las afueras de la ciudad. Luhon y Férvan bajaron del lujoso coche. Luhon vestía un abrigo negro de corte militar clásico, con botones dorados que destacaban en la parte trasera y un acabado impecable, formal y elegante. Debajo del abrigo llevaba pantalones oscuros bien ajustados que complementaban el corte serio de su atuendo. Por su lado, Férvan llevaba una larga túnica beis que le llegaba hasta los tobillos. Las mangas, amplias y sueltas, contrastaban con un cinturón negro que ceñía su figura. Para completar el conjunto, calzaba unos botines oscuros de tacón bajo.

En esa fiesta no había ninguna norma en cuanto a vestimenta, solamente tenías que ser tú mismo. ¿Aunque qué era ser uno mismo?

Sobre la imponente entrada al edificio había una inscripción en oro que decía: «*Nosce te ipsum*». Ninguno de los dos hablaba latín, pero sintieron que entraban en una especie de templo sagrado.

Al dar unos pocos pasos se toparon con una mujer vestida de negro simple y elegante de seda y unos zapatos cerrados de cordones. Su pelo lo llevaba recogido en un moño. Muy seria, los miró impasiblemente y pasó de largo hacia una gran sala muy alargada donde se veían más personas. Cada persona parecía disfrazada, era un mix de épocas históricas y culturas variopintas. Luhon sabía perfectamente dónde se había metido, pero Férvan venía como invitado a ciegas.

Entraron en ese gigantesco salón iluminado solamente de forma focal en determinados puntos, dejando que una tenue penumbra fuera suficiente para ver bien a la persona que se tuviera delante. El salón tenía diferentes bustos clásicos repartidos aleatoriamente por toda la sala.

Luhon y Férvan estaban reposados en una pared escuchando disimuladamente a un grupo de tres hombres vestidos exactamente con los mismos ropajes militares de finales del siglo XVIII. Estos discutían acaloradamente:

—Betsy no tiene nada que ver con esto. Vuelves a demostrar que eres un fraude. Como mi padre, lo mío fue un cáncer de estómago.

—Tú sí eres un fraude. Memorizar mis memorias y la documentación actual no te hacen ser yo. Recuerdo perfectamente un frasco de arsénico en un cajón secreto. No digo que fuera ella quien me envenenó; digo que, por ella, bajé la guardia.

—Creo que no sois conscientes de lo confundidos que estáis —dijo el tercero—. Está claro que no recordáis cómo era Longwood House... Cada vez que estaba sentado en mi cama mirando la ventana y veía el ébano de la entrada a la finca no podía...

—¡Farsante! ¡Te has delatado! ¿De verdad crees que sentado en la cama de tu habitación podías ver ese árbol? Midiendo lo que supuestamente medirías no alcanzarías a ver ni la copa del árbol.

Luhon empezó a reír a carcajadas, por lo cual los tres hombres detuvieron la disputa y le miraron enfadados. Ferván, sin venir a cuento, dijo:

—¿De verdad os creéis la reencarnación de una misma persona? ¿No veis el absurdo?

Los tres hombres dejaron de mirar a Luhon con cara asesina y se encararon a Ferván. Uno de ellos contestó casi inmediatamente:

—Por supuesto que no. Solamente yo lo soy. Ellos están locos.

—Pero esto de la reencarnación de un alma individual que sobrevive vida tras vida... —Ferván se mordió la lengua para evitar ofender—. No le encuentro ningún sentido.

Luhon, ignorando a los tres locos, dijo pitorreándose:

—Ferván, ¡sorpresa! No quería decirte nada sobre la temática de esta fiesta porque imaginaba que no te gustaría. Pero me moría de ganas de saber cómo alguien como tú podría desenvolverse aquí. Todos aquí creen ser la reencarnación de personajes del pasado.

—Luhon, no me gustan estas sorpresas... Tú sabes que creo que esto de la reencarnación, al menos tal como se entiende comúnmente, es un absurdo o, mejor dicho, un mecanismo de protección del propio ego combinado con ciertas intuiciones espirituales.

—Pero ¿por qué? Hablemos de ello. Hace tiempo que tenía ganas de hablarlo.

—Preguntémonos: ¿qué pasa con que nadie recuerde nada de otras vidas pasadas?

—No creo que estos señores estén de acuerdo con esto.

—Se puede discutir, claro. Pero aceptemos esto por un momento. ¿Qué pensaría mi «yo» de una vida pasada si supiera que en esta no recordé absolutamente nada? ¿Sería un consuelo tan poderoso pensar, y no recordar, que lo que soy es en cierta manera continuidad de lo anterior? No lo sé, Luhon, mi ego querría que lo que he sido en esta vida fuera recordado por mi próxima reencarnación. No querría que eso muriera. No.

—Claro, somos nuestra memoria. Siempre lo dices. ¿Qué hay de mi «yo» sin recuerdos?

—No digo que solamente seamos eso, pero es evidente que nuestro pasado define nuestro «yo» del presente.

—Este alzhéimer trascendental no te convence en absoluto... —dijo riendo a carcajadas Luhon.

Uno de los tres Napoleones, el más intelectual, espetó:

—Perdona, pero si me lo permite tu mente escéptica y cerrada, te diré que existe abundante evidencia sobre la reencarnación. Se han recogido testimonios de personas que recordaban experiencias de personas fallecidas con un grado de exactitud que no podría ser azar.

—Pura evidencia anecdótica, sesgo de confirmación y memorias falsas —se limitó a decir Ferván.

—¿Y cómo explicarías que personas pudieran hablar o escribir en idiomas desconocidos para ellas?

—Me encantaría ver esas investigaciones tan rigurosas y cómo midieron dichas habilidades. Supongamos que es así —concedió Ferván antes de insultarle gratuitamente—, ¿tú quién eres, pues? ¿Napoleón o la persona patética que eres en esta vida?

—Cuidado muchacho, que te la estás jugando con un conquistador de mundos. Yo soy el alma que hay detrás, algo más esencial —respondió el Napoleón forzudo con condescendencia—. En aquella vida, después de haber tocado el techo del mundo en la vida pasada, sé que tengo que aprender la humildad y por eso tengo un papel poco relevante. Soy menos inteligente y más feo. Intuyo que es un descanso merecido, la antesala a una próxima vida donde tendré una misión de altos vuelos.

—Tú lo que tienes es una tonteríaególatra de campeonato y un miedo visceral a la simpleza de ser la persona insignificante que eres.

Aquel Napoleón imponente por su físico hizo un amago de acercarse a Ferván para golpearlo.

—Tranquilo, vaquero —se apresuró a decir Luhon a Ferván para bajar la tensión al ver que su amigo estaba siendo un maleducado provocador—. No creo que nadie merezca ser tratado así.

—Es que no puedo evitarlo. Es lo que pienso.

—No tienes por qué compartir todo lo que piensas...

—Tú me has traído aquí sin informarme, Luhon, así que me daré la libertad de ser yo mismo, como dicta un evento de dicha etiqueta. Me he pasado toda la vida entre monjes eruditos y, aunque no comparta muchas de sus ideas sí me consta que existen otras interpretaciones posibles a vuestros supuestos recuerdos de vidas pasadas.

—¿Qué otra interpretación podría haber? —preguntó el Napoleón afeminado.

—¿Y si tú, tus dos amigos y todos los cientos de personas en el mundo que afirman tener recuerdos autobiográficos de Napoleón tuvierais razón en cuanto a la veracidad de los recuerdos, pero no como prueba de haber sido Napoleón como alma individual?

—¿Cómo?

—¿Y si simplemente tuvierais la capacidad de conectar con la memoria de la humanidad y de todos los hombres y mujeres que la componen?

—Pero ¿por qué Napoleón?

—Quizá habéis sintonizado con esa personalidad como quien sintoniza una frecuencia de onda de una radio buscando algo específicamente, sea porque admiráis a esa persona, sea porque representa lo que querríais ser, sea porque compartís sus genes..., lo ignoro. De hecho, dudo que haya personas que piensen ser la reencarnación de Mussolini o Hitler.

—Fabuloso, me encanta tu reflexión —interrumpió de improviso un atractivo hombre desnudo que se unió a la fiesta discursiva dejando sin réplica a los tres hombres—. También pienso que esto de la reencarnación es otra estratagema de nuestro ego para perdurar y para evitar el miedo a la muerte. La verdad es que somos un ser universal. Estas personas en esta fiesta insisten en dar individualidad y separación a una ola en un océano. Pero no somos olas, somos océano. Esa es nuestra verdadera esencia e identidad.

—Pues me parece que tampoco estoy de acuerdo. Pienso que una ola es una ola y, también, océano. Tiene propiedades comunes y universales, pero también singulares y específicas. Así pues, su ser es tanto una cosa como la otra. Tu crítica al ego como algo menos esencial no me convence. Tú eres tu yo, pero también un nosotros y un universal. Eres lo que te diferencia y lo que tienes en común con otros.

»Esa combinación de rasgos faciales y corporales seguramente sea única, ya sea un lunar, una protuberancia, unos rasgos finos, una dentadura levemente desalienada, unos parámetros corporales del pH de la sangre, la cantidad de leucocitos, etcétera. Eres una combinación, aquí y ahora, con rasgos menos o más cambiantes, y esto eres tú. Pero también eres un hombre, como miles de millones de humanos, y francés, creo, como millones, y de clase media, por decir algo, como tantos millones, y un mamífero, como muchos más millones. Esto sería el nosotros.

»Y luego está lo universal en ti, lo que es común a todos. Tengo en mí el centro de lo que fue el inicio de todo este universo, del Big Bang, el punto del que salió todo. Soy existencia como todo lo demás, soy puro ser.

—Pero ya es hora de trascender, amigo. Tu alma puede elegir ser algo más que animalidad —dijo el Napoleón afeminado mientras todos asentían mezquinamente dándole apoyo.

—Qué manía con trascender. En el pasado, en esta vida, no os emocionéis, ya conocí lo que era conectar con mi ser trascendente y así entendí la trascendencia de llegar a ser lo que somos: humanos, animales, dioses. Lo humano es miedo, vulnerabilidad, emociones, llorar, reír, pensar, confusión, error e imperfección. Lo animal es salvaje, apegado, visceral, inconsciente..., y lo divino ya lo sabéis, o no, pero incluye la humanidad y la animalidad. Dios integra, no trasciende. Trascender me llevó a trascender el concepto de trascendencia y abrazar el de integración. Eso de la trascendencia quizá sea otro cuento más para politizar lo espiritual, para quitar poder a la plebe, a los que no tienen educación, a los que tienen que aceptar su inferioridad y su sumisión. Pero el poder está en todos nosotros. Tu identidad lo es todo. Todos los niveles, todos. Toda su compleja combinación, algo a lo que ninguna filosofía o discurso teológico hará nunca justicia. Somos más complejos de lo que nunca podremos comprender. Pretender que nuestra identidad sea solo una elección personal es ignorar esa complejidad.

—Pero mi alma puede elegir la trascendencia que es —dijo el hombre desnudo—, puede elegir convertirse en lo que verdaderamente es.

—A ver, ¿en qué quedamos? Vienes aquí reclamando atención por ser océano y ahora me hablas de un alma que elige. Pienso que somos mucho más de lo que podemos elegir ser. De hecho, nuestra elección viene motivada por lo que la vida nos ha llevado a ser, por lo que nunca hay una verdadera libertad autocreativa. Somos aquello que podemos ser en nuestro encuentro con los otros y el mundo, somos un yo negociado con el no yo. O, mejor dicho, somos resultado de un singular diálogo con las circunstancias, somos una específica interacción con el contexto.

—No entiendo —dijo naturalmente el Napoleón intelectual.

—Imagina a una persona que creció en una familia de músicos. Desde pequeño, estuvo rodeado de instrumentos y conciertos. Aunque en su adolescencia quiso distanciarse de la música para explorar otras áreas, como el deporte o la ciencia, siempre se sintió atraído de nuevo hacia la música. Aquí, la elección de ser músico no es completamente libre, sino que está motivada por el entorno familiar. Esta persona podría argumentar que eligió ser músico, pero en realidad, esa «elección» estuvo fuertemente influenciada por sus experiencias tempranas con sus padres.

—O quizá es así porque esa es su esencia.

—Y dale con la esencia... El entorno lo es casi todo. Piensa en alguien nacido en nuestra sociedad, donde ciertas profesiones tienen un alto prestigio sobre otras. Aunque esta persona podría tener una inclinación natural hacia el arte o la filosofía, es fácil que sintiera la presión de seguir carreras como Ingeniería o Medicina, porque estas fueran vistas como más prestigiosas o provechosas.

—Es que la sociedad corrompe nuestra esencia. El auténtico reto es ser lo que somos a pesar del ruido exterior —sentenció el Napoleón intelectual.

—Creo que subestimas el poder del contexto. De hecho, seguramente habéis «elegido» ser la reencarnación de Napoleón porque es algo valorado socialmente, como quien elige disfrazarse del personaje de moda el día de Halloween. Es que ni siquiera somos la misma persona en diferentes contextos o con diferentes personas: piensa en cómo cambias cuando estás con diferentes grupos de amigos o familiares. Con un grupo, puedes ser el consejero; con otro, el aventurero.

—¿Niegas que haya cierta estabilidad y consistencia en nuestra forma de ser?

—No, tampoco lo niego, pues es cierto que existe una herencia genética y una serie de aprendizajes que se han consolidado como profundos hábitos. Pero piénsalo: cada relación saca a relucir diferentes aspectos de tu personalidad. No eliges conscientemente ser diferente en cada contexto; simplemente respondes a la dinámica de cada grupo y escenario.

—Qué pesadez de hombre —dijo el hombre desnudo sin atisbo de su entusiasmo inicial.

Férván se dio la vuelta y abandonó la sala. Luhon le siguió hasta la puerta de la mansión para despedirse. Todos los presentes se quedaron en silencio hasta que a los pocos minutos retomaron exactamente el mismo debate sobre quién era el verdadero Napoleón.

Férván, que no tenía su propio coche, caminó solo durante horas por una carretera rodeada de bellos prados. Sentía la certeza de su singularidad, la forma en que su cuerpo único y su mente particular lo distinguían. Pero esa certeza siempre venía acompañada de una pregunta más profunda: ¿en qué medida su identidad era una construcción propia y hasta qué punto formaba parte de algo más grande, más antiguo, más compartido? No era cuestión de disolver lo particular en lo universal, sino de entender que ambos coexistían, como dos lados de una misma moneda. Era toda una paradoja: ser uno y muchos, ser singular y universal. Vivir significaba siempre navegar entre ambas realidades, sin que una tuviera que imponerse sobre la otra o necesitar trascender lo particular para alcanzar lo universal.

Al imaginarse morir, Férván intuía que mantendría su universalidad, pero que su individualidad dejaría de sentirse. Al morir sería como siempre fue. Su propio ser siempre fue una manifestación del todo. Tenía la poderosa intuición de que su consciencia incluía algo más que su sentir como individuo y que cuando muriese como individuo seguiría sintiendo y siendo consciente de forma eterna, como si hubiera una consciencia universal de base que estuviera sosteniendo la percepción de la propia existencia, como si existiera una percepción más allá de su yo sensorial y corporal. Es decir, también sentía la humanidad, el sistema solar, el universo.

Así pues, su conexión con lo universal se mantendría intacta, pues siempre fue universo, mientras que su individualidad se diluiría para luego formar parte de nuevas combinaciones existenciales.

Lo que fue único en él dejaría huellas en lo común, en la humanidad y en el universo. Habría sido testigo y coconstructor de la historia de la existencia. Sabía que, al morir, su singularidad no se disolvería sin dejar rastro. Algo de su esencia particular permanecería: en los recuerdos de otros, en las ideas que compartió, en el tejido invisible que conecta a todos los seres. Sería un retorno al todo, pero sin perder lo que alguna vez lo hizo único. Lo eterno no era solo lo universal, sino también lo particular que deja una marca.

De pie, bajo el cielo abierto, Ferván rezó en voz alta mientras se desnudaba:

—Lo singular que me define no será borrado por la muerte, porque participo en algo mayor, en un ser que lo trasciende todo y, sin embargo, siempre me incluye. Somos parte de un milagro y un misterio, de un ser que nos trasciende y que jamás dejará de ser. Y aquí está, aquí y ahora, la vida eterna, la vida sin muerte, siempre en nosotros, desde sus estrellas hasta sus átomos, desde nuestras almas hasta nuestros símbolos. He aquí el poderoso compromiso por la existencia y el bien de la humanidad, por el bien eterno.

LA *INFLUENCER*

—Deberías darme las gracias por estar aquí. Es increíble que una *sinfluencer* como tú piense que merece un pase al evento para su nuevo noviete. ¿Será otro novio de cuatro días hasta que se cansen de ti o tu niña herida te sabotee? Mira, ya lo hablaremos, ahora empezamos y no puedo ocuparme de estas cosas.

La bella Zenaya salió de la habitación, dejando a la voluntaria desolada. Sentía una culpa que no comprendía, como si su propia existencia fuera un error en ese escenario de luz y éxito ajeno. La atmósfera en la habitación parecía haberse enfriado con la partida de la famosa *influencer* espiritual, haciendo que la voluntaria tuviera la vaga sensación de que algo dentro de ella no encajaba en ese mundo de apariencias relucientes.

El evento estaba cuidadosamente diseñado para deslumbrar. La carpa, con capacidad para tres mil personas, rebosaba de un entusiasmo casi palpable, reflejado en los ojos ávidos de los asistentes. Un equipo de grabación y transmisión por *streaming* estaba dispuesto junto a unos focos, especialmente instalados para capturar cada movimiento, cada sonrisa calculada, en una atmósfera impregnada de expectativas. Todos esperaban la entrada a lo grande de Zenaya, quien fue recibida con aplausos y una música triunfal a todo volumen.

—Bienvenidas, amores. *Namasté*. Bienvenidas a este retiro en el *resort* Buda, en la localidad de Zermatt, en la región de Valais, en las montañas suizas. Somos la fundación Consciencia Unificada y estamos transmitiendo en directo para que todas podáis acompañarnos desde vuestras casas en esta divina experiencia. A los que nos veis, compartid esto con todo el mundo, pues todavía tenemos algunas plazas para disfrutar *online* de este viaje único. Es una oportunidad imperdible. Esta primera parte la estamos transmitiendo en abierto. ¡Hola a nuestros millones de seguidores! Recordad que por cada compra de vuestra crema rejuvenecedora preferida de la nueva colección Joven Siempre entraréis en el sorteo de un lote completo. También podéis participar si nos etiquetáis al subir vuestro vídeo de diez segundos mostrando qué es la espiritualidad para vosotras. Estoy encantadísima de formar parte de un proyecto dedicado a cambiar el mundo gracias al poder de ser nosotras mismas. Además, parte de los beneficios se invierte en amor y luz, en proyectos para que animales ya mayorcitos reciban cuidados y el cariño que merecen.

Mientras tanto, se proyectaban productos perfectamente estéticos, naturaleza y animales felices en situaciones idílicas. En ese momento, Zenaya se quedó en silencio mirando al público, sonriendo en una puesta en escena que buscaba la complicidad y la conexión con el público. La emoción se mascaba en el ambiente:

—Nos esperan cinco maravillosos días para conectar con vuestra esencia más profunda, vuestro auténtico yo: el yo espiritual. Meditaremos, tendremos charlas y talleres, nos abrazaremos y por supuesto seguiremos una dieta vegana y ecológica. Y hoy, como sabéis, después de tres años luchando contra una terrible enfermedad, debe estar a punto de llegar al recinto nuestro querido maestro, Narayananda. Ha sido un tiempo muy difícil para él. Como soy muy empática y emocional, esto me afecta mucho. Además, los médicos no querían que tuviese contacto con nadie pues el tratamiento implicaba aislamiento por su vulnerabilidad a los bichitos que la gente pudiera traerle. Ya sabéis que nos tenemos que proteger de la mala energía; yo siempre recomiendo turmalina negra. Pues bien, tendremos la suerte de volver a disfrutar de la presencia y las reflexiones de nuestro maestro, Swami Narayananda, de su serenidad e imperturbabilidad, de esa iluminación que alcanzó y que nos regala. Nos obsequiará con la luz y la paz que brota de su espíritu. De hecho..., ¡me avisan de que Narayananda ya está aquí!

Todos callaron y se dieron la vuelta. El maestro Narayananda, delgado, sonriente y de caminar pausado, atravesó toda la carpa por el pasillo central, tal como dictaba el guion. Todos le miraban con extremo respeto y admiración, aplaudiéndole como si fuera una estrella de *rock*. Nadie se atrevía a tocarle o detenerle para saludarle. Al llegar al escenario, Zenaya le abrazó efusivamente mientras lloraba y sonreía, mirando periférica y disimuladamente a las cámaras. Narayananda respondió cálido y agradecido mientras un técnico de sonido le colocaba eficientemente un micrófono inalámbrico. Y por fin se le escuchó:

—Hola. Muchas gracias por vuestro cariño y por recibirme.

Narayananda hablaba lentamente. Transmitía la paz de alguien que habitaba en ella. Algunas asistentes se colocaron en posición de meditación, con los ojos cerrados, respirando pausadamente.

—Ha pasado mucho tiempo y dentro de mí han ocurrido muchas cosas. Siento que no soy la misma persona. La enfermedad, así como la muerte y la vejez, han sido verdaderas maestras para mí; me han enseñado algo verdaderamente importante. El sufrimiento y el miedo me han hecho valorar más que nunca lo auténticamente vital. Podremos hacer todas las meditaciones que queramos, cantar todos los textos sagrados que memoricemos, pero al final una experiencia así te transforma para siempre. Como sabemos de las enseñanzas de Buda, el sufrimiento, si no te vuelve loco, es transformador y liberador. Por eso quiero anunciar que, después de este retiro, dejaré definitivamente la fundación Consciencia Unificada.

Al instante, en toda la carpa, retumbó fuertemente el asombro susurrado de millares de personas, a la vez que se escuchaba el retumbar del millar que se encontraba fuera del recinto.

Zenaya, con la cara claramente desfigurada, intervino:

—Para mí, queridas, también es una sorpresa y me pone muy triste. Seguramente podamos hacer algo para que te sientas más a gusto, ¿no? Nuestra comunidad ha crecido mucho durante estos tres años y nunca había habido tanta luz. Tenemos un montón de ecoempresas que nos apoyan para seguir creciendo.

—La decisión está tomada, Zenaya. Durante estos años he reflexionado y entendido lo que he estado promoviendo como líder de Consciencia Unificada y que creo que no está bien o no me representa. Quizá la integridad sea un privilegio, pero yo es lo que elijo. Me adaptaré como sea.

—Pero antes de tomar una decisión tan radical podríamos hablarlo, ¿no te parece? Creo que nuestros seguidores lo merecen. A ver, ¿qué hemos hecho mal o qué no te representa?

Narayananda se quedó pensativo, se incorporó sutilmente hacia adelante en una actitud desafiante y bombardeó:

—No me parece bien que, por no querer quedarte con las manos engrasadas, entres en una iglesia y hundas tus manos en el agua bendita. Estamos manchando algo sagrado con un materialismo y egocentrismo con los que no comulgo. Por ejemplo, sobrevaloramos demasiado la conexión con uno mismo.

76

—Es que es importante que seamos nosotras mismas, que nos aceptemos tal como somos.

—¿De verdad tenemos que aceptar lo que somos? ¿Y si somos unos estúpidos narcisistas? Además, ¿qué significa que tenemos que *aceptarnos*? Una cosa es compadecernos humildemente por nuestras limitaciones, pero otra cosa es que ensalcemos nuestro patetismo diciendo que somos perfectos y que no tenemos nada que cambiar.

—Pero es que no hay nada que cambiar. Somos lo que somos. Además, nadie es específicamente estúpido o narcisista. Eso es el ego, no es lo que somos.

—Cuántas veces he escuchado esto, es casi un mantra. ¿Cuándo empecé a decirlo?

—Cuando te conocí ya hablabas de eso...

—Dios mío... Pues no estoy de acuerdo con ese *Swami*. Actualmente, no me gusta eso de que tenemos que ser uno mismo. Me parece una filosofía muy peligrosa porque predispone a la conformidad y a la obediencia acrítica. Sin embargo, eso no ayuda en este mundo. Considero que hay que luchar para mejorar, adaptarte y sobrevivir. Vivimos en un mundo competitivo y peligroso; no podemos ir dando abrazos de alma para solucionar las cosas.

—Pero quizá la aceptación sea la mejor opción cuando no podemos hacer nada, quizá sea la manera de encontrar la paz. Coexistir con la realidad que no podemos cambiar es también la vida misma.

—Pero siento decir que la realidad es más compleja que eso, Zenaya —dijo Narayananda de forma condescendiente, con autoridad y agresividad—. Nuestra fundación fomenta el narcisismo espiritual sin empatía mundana más allá de actos anecdóticos con pobres animales. Tenemos creado todo un negocio para que la gente quede atrapada en su «yo», en vez de liberarse o, mejor dicho, abrirse a los demás. En el tiempo que me queda quiero fomentar una vida más integradora con lo que es un ser humano, sin elitismos ni moralidad hipócrita, sin moralidad propia de los dioses ni narcisismos espirituales.

— Pero... Pero... —Zenaya no sabía sostener la frustración y la confusión que le generaba esa situación—. Pero si somos una comunidad muy unida..., los abrazos y las conexiones sinceras son lo más bonito que tenemos.

—¿Seguro? Cuántas veces he sido testigo de alguien abriéndose emocionalmente y que solo recibía respuestas del tipo: «A mí me pasa lo mismo, soy muy sensible y me afecta mucho, tengo un tránsito de Venus que activa mi hipersensibilidad y estoy igual, seguramente me afecte más que a ti» —dijo Narayananda parodiándola de forma casi histriónica, algo que dejó aterrorizada a la audiencia presente y la que veía en directo el esperadísimo evento.

Se percibía como una verdad demasiado antipática, hostil y dolorosa. Era inaceptable para la mayoría de esa audiencia. Narayananda continuó:

—Lo siento si sueno duro. He presenciado y fomentado lo que no debí aceptar como normal o beneficioso. He estrechado demasiadas manos sudorosas, he recibido demasiados besos pastosos, he reprimido demasiadas veces escupir la flema de asco, el mal trago que se camuflaba en un continuo agradecimiento incondicional. Todo tenía que ser helado tutifruti, aunque contuviera las babas de rata sedienta de poder y superioridad moral.

—No entiendo nada...

—Que nos hemos equivocado. No somos buenos referentes, líderes, maestros, como quieras decirlo. —Narayananda se dirigió al público—. Admiráis a alguien que representa y refuerza vuestro narcisismo. Decís que Zenaya es maravillosa, una genia, bellísima, pero porque os identificáis con ella o es vuestro ideal de alguna manera. Decís lo maravillosa que es ella porque os interesa pensarlo así, porque os ayuda a estar mejor, porque es una forma de deciros lo maravillosas, sabias, bellas y genias que os gustaría ser. Por supuesto, le reconozco lo que es ella, su derecho a ser lo que libremente quiera ser. Pero no reconozco a Zenaya como quien me representa. Por ello, no quiero que me sigáis ni por ella ni por lo que yo era.

—¿Y a ti por qué te seguíamos, pues?

—A mí, la mayoría de estas personas ni me conocían, han venido por ti.

—Pero si la fundación Consciencia Unificada la fundaste tú y todo lleva tu imagen y espíritu. Seguramente yo puedo presentarlo de forma más atractiva, pero eso es bueno porque lo tuyo, que es tan luminoso, llega a todos.

—Cierto, puedo haber sido un producto bien vendido. El vestuario y todos los símbolos que han acompañado mi imagen han movilizado a muchas personas, pues les encajaba con esa búsqueda de un maestro que las guíe. Pero ¿realmente las estaba guiando luminosamente? ¿En esa atractiva presentación de mi pensamiento se reflejaba realmente lo que yo era? ¿Y lo que soy ahora? ¿Tendría cabida?

—Tenemos miles de testimonios de personas que han cambiado sus vidas para mejor gracias a nuestra fundación, gracias a ti.

—Seguramente, hemos ofrecido un sentido vital atractivo que ayudó a salir de situaciones negativas, que era incompatible con hábitos destructivos, y seguramente hay personas que ahora están mejor, pero probablemente están mejor que antes a pesar de nosotros.

—Yo creo que te estás menospreciando, querido.

—Puede ser... La cuestión es que a esta gente le ofrecemos un maestro. Todos vosotros y vosotras aceptáis en cierta manera una posición pasiva y de sumisión, de aprendizaje y discipulado. Pero ¿no estaremos romantizando esta relación?

—Pero ¿cómo debería ser esta relación entre maestro y discípulo? —preguntó con genuino interés Zelaya.

—Yo creo que tendría que ser algo mucho más humilde por parte del maestro y más receptivo con el discípulo; y que el discípulo lo fuera de más variedad de maestros.

— No entiendo...

—Un maestro es alguien al que admiras, alguien de cuyos conocimientos, prácticas, habilidades, valores, personalidad... aprendes. Pero ¿no crees que hay personas cercanas a las que podemos admirar por algún aspecto de todos estos? Puede ser alguien conocido, un amigo, un familiar, la pareja, el hijo... La vida está llena de personas que traen aprendizajes. Hay tantas cosas que aprender... Tantas... Por ello debería ser más fácil tomar a alguien como maestro. Deberíamos tener varios maestros si queremos llegar a la maestría de la vida. Es todo un proceso, un viaje de infinidad de horizontes y retos.

—No sé, yo creo que esa verticalidad del maestro es más fácil de aceptar si tu maestro es superior en muchos ámbitos, no solamente en un aspecto, como un conocimiento o una habilidad. Aunque es admirable tener la capacidad de ver la grandeza o la superioridad en algún aspecto en muchas personas, creo que es un poco utópico, pues lo habitual es tener la humildad de un cuñado prototípico.

Todos rieron.

—Imagino que soy un maestro que piensa como discípulo.

—Y por eso eres un gran maestro, Narayananda. Normal que tanta gente quiera ser tu alumno.

—Gracias...

Narayananda se acercó a Zenaya y la abrazó sentidamente. Luego se apartó un poco para seguir hablando, aunque su lenguaje corporal transmitía estar hablando desde un lugar mucho más cálido e incondicional. Pero:

—Otro tema es que hemos confundido lo que la mayoría sois aquí con el camino que promovemos. Todos y todas sois seres extremadamente egoicos, pero sancionamos lo egoico. Es contradictorio. Decimos que alguien es inferior si grita, si ve el televisor, si come carne, si se masturba, si se apega, si está triste, ¡si tiene ego!

—Es que casi todo lo que dices está muy mal.

—Qué arriesgado es prescribir un camino moral universal... Y qué fácil cuando nuestro discurso trata sobre lo espiritual y universal. Aquí lo que veo es que frecuentemente confundimos espiritualidad y moralidad. La moralidad nos permite diferenciar el bien y el mal, es dual, la apuesta por una supone la renuncia a la otra. Pero la espiritualidad lo es todo, es unidad, no dualidad. Prácticamente todas las corrientes espirituales parten de una concepción del todo y, según cómo sea este todo, construyen una moralidad afín con esta verdad trascendental. Sin embargo, la mayoría de las veces, es una moral antiegoica, exclusivamente transegoica, más propia de un dios, más propia de un anciano sabio que ha dejado atrás el estímulo de la juventud. He aquí la moral de la transmadurez, cuando ya nos preparamos para el «más allá», pues el «más acá» cada vez está más atrás en el tiempo. Una moral que nos permite prepararnos de una forma positiva para la transición a la otra vida, así como para sentir plenitud aun estando, cada vez más, fuera de juego del mundo mundano. Una moral para cuando el yo está debilitado en su relación consigo mismo y el entorno, empobrecido por las consecuencias y las dificultades de la edad. Así que insistamos en diferenciar la espiritualidad y la moralidad del anciano sabio. La primera atraviesa absolutamente toda la existencia, material e inmaterial. La segunda te prepara y conduce a la no materialidad o te independiza de ella. Aquí hemos estado imponiendo una moral no egoica a personas egoicas en la cumbre de su desarrollo de su animalidad y participación en el mundo. Espiritualidad *new age* que esconde un ego cósmico y una soberbia propia de vuestra joven edad, lo cual está muy bien, pero que defiende una moralidad en contra de un ego que clama por comerse una *pizza* de *pepperoni*, recibir «me gusta» en sus publicaciones, tener orgasmos sin consideraciones tántricas o jugar un partido de fútbol maldiciendo al rival...

—Pero todo eso nos aleja del camino a la espiritualidad, maestro. No necesitamos comer carne, decir palabras malsonantes o tener muchos seguidores... Podemos tener una vida plena sin eso, incluso plena egoicamente —replicó Zenaya, visiblemente molesta.

—Eso no es lo que pretendo decir... Digo que estás forzando un discurso en contra de lo que haces. ¿No te gustaría abrazar cara a cara tu necesidad de ser admirada y de recibir aprobación? Nos guste o no, los humanos necesitamos validación externa. —Narayananda la miró con compasión.

—La única validación que yo necesito es la de mí misma —dijo Zenaya, cruzando los brazos y alzando la barbilla con desafío.

—No... la realidad es que somos animales sociales y solemos depender de esta aprobación. Y tú eres especialista en eso. Y vuelvo a decir que me parece normal y lo respeto. Pero no en mi nombre.

Zenaya se mostró pensativa y nerviosa por la presión de creer tener que hablar. Narayananda continuó:

—Antes hablábamos de aceptar más fácilmente como maestros a más personas. Añadiría que también podemos ser nosotros más fácilmente maestros de más personas que necesitan nuestra mentoría... —El maestro se quedó pensativo unos segundos antes de continuar—: Y no hace falta hablar siempre de relaciones tan verticales... Pongamos el foco en las relaciones con los otros, en general. Y para ello quiero plantearos dos preguntas para reflexionar.

»Primero, ¿sois conscientes de las personas que deseáis, incluso necesitáis, que os validen? Y segundo, ¿sois conscientes de que para algunas personas sois vosotros de quienes esperan su validación?

Narayananda dejó flotando aquellas dos preguntas. Pasaron unos minutos hasta que siguió reflexionando:

—Puede decir mucho de vosotros si os ha impactado más la primera o la segunda pregunta. Dice mucho sobre vuestra consciencia de vuestro poder sobre los demás o sobre el poder de los demás sobre vosotros. Quizá hablar de «vuestra necesidad» sea más apropiado que de «vuestro poder», aunque también quiero señalar los juegos de poder y manipulación que pueden acontecer debido a que somos seres profundamente sociales...

»Sobre la primera pregunta, ¿sois conscientes de las personas que queréis que os validen? Vuestra madre, padre, profesor, jefe... Suelen ser personas concretas, como familiares, amigos, compañeros, personas que admiráis y son significativas... Quizá que aceptaríais como maestros, quién sabe.

»La realidad es que entre nosotros nos solemos validar de forma condicional, dependientes de méritos. Y esta valoración externa es lo que nos permitirá nuestra validación interna. Si esto ocurre de la manera adecuada podemos acabar consiguiendo cierto grado de autoamor incondicional pero solamente después de esta validación externa de calidad. E incluso así, esto no excluirá que sigamos necesitando la aprobación externa. Son refuerzos positivos que configuran todo nuestro repertorio de conductas adaptables socialmente. Incluso con buena autoestima, sería extraño que no nos sintiéramos mal con nosotros mismos si nos instaláramos en un contexto social lo suficientemente desmoralizante y denigrante...

—¿Y sobre la segunda pregunta? —gritó una voz masculina del público.

—¿Sois conscientes de que algunas personas esperan su validación de vosotros? Podemos decir que validamos a quien cumple unos requisitos. Es decir, validamos a personas que hacen lo que hacen para tener nuestra aprobación. No es nada agradable pensar que haya personas que puedan sentirse invalidadas por nosotros..., o quizá esto nos haga sentir poderosos. No sería la primera vez que alguien gozase de ese poder. Así pues, este poder es o bien una auténtica arma de destrucción masiva o bien una profunda salvación de la dignidad del otro. Vale la pena meditar en el bien que podemos producir, muchas veces haciendo un esfuerzo mínimo.

—Sí... Pero tenemos derecho a no validar cualquier cosa.

—Claro, supongo que hablo de que validamos poco y con muchas exigencias.

—Puede ser... No sé, maestro, estoy pensando en las relaciones de pareja...

—Ah, claro, ahí sería un poco diferente...

—Es que una de las razones por las que no nos entregamos en el amor es que la otra persona simplemente no nos convence. Es una cuestión de que no lo vale y punto. Es crudo, pero suele pasar. En la vida, en todo, estamos continuamente valorando si algo valdrá la pena. Y con las relaciones pasa exactamente lo mismo, solamente que a veces nos cuesta reconocerlo. No queremos ver que nos hemos metido en «un mal negocio».

—De todos modos, pensar que alguien «no nos convence» no siempre es una sabia decisión que nos saca de perder nuestro tiempo y energía. Nuestra balanza, que sopesa el valor del yo y del tú, puede juzgar que nosotros somos más valiosos y que la otra persona no nos compensa, pero en el fondo, detrás de este «no me convence», podría haber... un «no me convenzo», «no te merezco» y entonces hablaríamos de falta de autoestima. Estaríamos rechazando por miedo a ser rechazados.

—Estoy de acuerdo, Narayananda.

—También detrás de «no me convence» podría haber una ceguera con lo que uno «vale» y espera conseguir. Es decir, me refiero a personas que rechazan a otros porque no valen lo suficiente, pero no han aplicado su vara de medir consigo mismos. Tampoco digo que alguien con un valor alto en un aspecto tenga que ser compensado por igual. La cuestión es que rechazamos por una falta de aceptación de la singularidad, los límites y errores del otro. A veces, una pequeña discrepancia, incompatibilidad, incomodidad, defecto, etcétera, ya es duramente juzgada como determinante para no seguir, como si nosotros no fuéramos también humanos, como si fuéramos tan exquisitos.

—Muy interesante, sí.

—O se me ocurren más cosas detrás de este rechazo, de este «no me convence». Suele ser también un «me hace sentir demasiado vulnerable». Huimos de relaciones que nos conectan con nuestras emociones menos instagrameables, menos compatibles con el postureo. A veces, hay personas que nos tocan tan profundamente que nos hacen exponernos de verdad a la intimidad, y eso puede suponer enfrentar nuestras heridas del pasado. Así que las rechazamos para evitar sentir todo aquello.

El discurso de Narayananda estaba calando en la audiencia. Zenaya se percató, como buena experta en persuasión. Sabía que estos temas eran los que más movilizaban. De súbito, ante esa respuesta del público, conectó con todo el miedo del mundo, con todo su hambre voraz de reputación y dinero. Cualquier muestra de amor hacia su maestro se disipó para siempre.

Forzadamente, se colocó en una posición central del escenario, dejando a su espalda al Narayananda y dijo de forma sensacionalista:

—Bueno, todavía no me puedo creer que nuestro maestro quiera abandonarnos... Siento mucho lo que está pasando. Está claro que lo que hacemos aquí sí que tiene un sentido positivo para nuestras vidas.

—Zenaya..., no quería decir eso.

La *influencer* ignoró descaradamente a Narayananda.

—Ya me habían dicho sus médicos que podría cambiar debido a su terrible enfermedad. De hecho, sus palabras incluso contradicen, por no decir traicionan, nuestros principios de respeto y amor al prójimo. No sé si ha sido el comer carne, algunas influencias tóxicas durante la recuperación, pero está claro que todo esto lo podríamos haber hablado antes en vez de esperar a este momento para querer hacer algo que —se giró desafiante hacia él— no conseguirás, que es destruir nuestra hermosa comunidad. Por desgracia para ti, lo único que lograrás es todo lo contrario, que estemos más unidas que nunca.

Los ojos de Narayananda reflejaban una mezcla de tristeza y resignación. Sabía que sus palabras no encontrarían un eco amoroso en ella. Conocía la Zenaya humilde y discípula, pero parecía que había invertido mucho tiempo y energía en su yo social más ambicioso. Y podía respetarlo. Sin decir nada más, dio media vuelta y comenzó a caminar hacia la salida de la carpa.

Algunas personas en la audiencia, tocadas por su mensaje, se levantaron y siguieron a su maestro. Era una cantidad muy considerable, minoritaria, pero con una determinación poderosa.

Mientras Narayananda y sus seguidores se alejaban, Zenaya regresó a su posición central, esbozando una perfeccionada sonrisa de seguridad.

En la pantalla grande detrás del escenario, el marcador de personas siguiendo en directo la transmisión se había cuadriplicado. Y eso solamente iba a ser el principio.

EL INFIERNO ES BELLO

El artista pintaba como un poseído, obsesionado con expresar con cada pincelada lo que su alma sentía, y a cada pincelada la sensación de frustración e impotencia se acumulaba. Pero no pintar sería peor. En lo más hondo rebosaba una poderosa agresividad existencial. Estaba a punto de hacerle colapsar. El arte era su último baluarte contra la locura, su única ancla en un mundo que se desmoronaba.

Los días en que se encontraba sin materiales, sin pintura o un lienzo en blanco, se veía impulsado a sumergirse en compras obsesivas, acopiando víveres y provisiones como si su vida dependiera de ello. O perfeccionaba su protocolo de emergencia, añadiendo más detalles a su plan de salvación, buscando una seguridad que sabía ilusoria.

Era una época políticamente convulsa. Un gobierno extranjero había amenazado con lanzar misiles nucleares del tipo intercontinental y era de un tipo ultrasónico que no podía ser interceptado, algo que le generaba verdadera angustia. El artista vivía cerca de la capital del país y tenía la certeza de que dicha ciudad sería un objetivo prioritario. Más de la mitad de la población se había mudado a localidades alejadas de cualquier gran ciudad. El poder destructivo de las bombas en ese momento se había calculado como absolutamente aniquilador en cien kilómetros a la redonda. El artista vivía justo en un punto que se había calculado que, escondiéndose debajo de la tierra, podría evitar el impacto de la onda de fuego atómico y sobrevivir.

El artista estaba aterrorizado, pero sublimaba su ansiedad y su locura a través de la pintura. Era prisionero de su sentir y buscaba mil maneras de expresar lo mismo. En cada cuadro expresaba una nueva paleta de colores, una nueva gama de patrones geométricos y orgánicos, nuevos símbolos y abordajes conceptuales y caóticos. Durante el proceso artístico escudriñaba en su inconsciente esa esencia que siempre era la misma: destrucción y muerte. Él contemplaba estos fenómenos por doquier, brotando con tanta riqueza como las infinitas formas que tenía la vida vegetal y animal de manifestarse. No obstante, su comprensión racional siempre era confusa y ambigua. No sabía con seguridad si estaba atrapando y liberando con su arte lo que sentía. Y eso le torturaba por dentro, como una sentida y atrapada flema que nunca conseguía expulsar, aunque tosiera violentamente hasta desgarrarse su garganta.

A veces, intuía que esa devoción por la destrucción era anhelo por vivir aquello que más temía. Y no por admiración, sino como resultado de una especie de síndrome de Estocolmo existencial o un mecanismo contrafóbico. Como si ello le hiciera sentir que tendría menos miedo, como si pactase con el diablo para ser un aliado y así recibir un trato preferente, como si quisiera caerle simpático al monstruo de sus pesadillas. Para el artista, el arte era conexión con ese lado maligno, era control sobre su poder destructivo.

Siempre había sido así, pero especialmente en los últimos meses bajo una amenaza nuclear cada vez más real. El artista, mientras pintaba, empezó a divagar en voz alta:

—No hay fe que valga en la bondad cuando el mal es tan tangible. Lo crucial es conectar con el corazón del mal, mirarlo sin miedo, porque en su poder radica una especie de oscura grandeza. El mal, al igual que el arte, exige respeto, y en su dominio uno encuentra una retorcida forma de libertad y poder en época de muerte. Ese es mi alimento. Hay grandes obras que necesitan algo de mal. Dios quiere a los creadores y nos somete a duras pruebas. Dios nos reta para que nos neguemos a someternos a su voluntad, a resistirnos a ser su creación. Resistimos y nos independizamos como seres creadores que somos. Y como en el mundo hay mucho mal, ¡mejor! ¡fuerza y abundancia!

En un gesto torpe, al artista se le cayó el pincel al suelo y al impactar su madera en el suelo manchado de pintura, en ese instante, las sirenas de la ciudad empezaron a sonar. Lamentó profundamente esa torpeza.

Cuatro mil millones de corazones se quedaron petrificados de terror. Eran las sirenas implantadas mundialmente y se habían hecho muchos simulacros, pero esta vez no lo era. El tipo de alarma era el que había sido ampliamente comunicado como el que señalizaba una inminente catástrofe.

El artista sintió que todo el universo quedaba embotado en un estrecho campo de visión frontal. Su pecho y su garganta quedaron estrangulados por el mayor de los miedos. Lejos de quedarse petrificado, esas emociones le motivaron a moverse siguiendo los pasos que tanto había simulado en su imaginación. El artista cogió una mochila ya preparada donde tenía agua para días, ropa de repuesto en plásticos herméticos, un traje hermético, una máscara especial con recambios, comida para cinco días, medicinas y pastillas de yodo para ayudar al cuerpo a combatir la radiación. También llevaba una libreta y carboncillo para dibujar. En dos minutos ya estaba en la calle en dirección al refugio subterráneo que estaba a solamente cien metros. Pensaba que era un logro haber reducido a dos minutos todo su protocolo de emergencia cuando la media de la población era de diez minutos. Cuando corría hacia la puerta del refugio, cuando solamente le quedaban veinte pasos, una luz silenciosa y cegadora lo llenó todo. Cualquier lugar aparentaba ser el interior de una estrella. La pesadilla se había hecho realidad: el rey de las tinieblas había sido invocado. La detonación se realizó varios kilómetros sobre la superficie para maximizar su poder destructivo. En un instante millones de personas quedaron inmediatamente desintegradas sin siquiera darse cuenta.

El artista, sin pensarlo, se lanzó al interior de un *parking* por el que casualmente pasaba por delante y rodó como pudo por la rampa de acceso hasta refugiarse detrás de una columna en la esquina más profunda que pudo. Tuvo un poco más de un minuto escaso para hacerlo, lo que tardó la cataclísmica onda expansiva en viajar, como jinete del apocalipsis, cien kilómetros. El artista abrazó su mochila y se puso en posición fetal a la vez que se protegió la cabeza y se tapó los oídos. Fue cuestión de un largo instante. La destrucción arrasó todo a su paso. El artista sintió un calor abrasador. La ropa de su espalda quedó inmediatamente fundida con su piel, su pelo ardió como la cabeza de una cerilla. El aire se hizo irrespirable, como estar buceando en un océano de gas plasmático. El impacto de la onda de choque no fue directo contra su cuerpo, pero le estampó de cara contra la pared más cercana. Por suerte, la mochila que llevaba delante le amortiguó el golpe. Aturdido como estaba, se volvió a acurrucar, pues sabía que faltaba todavía el retorno de la onda o, mejor dicho, el reflujo de aire huracanado que haría acto de presencia ante el vacío espeluznante dejado por lo acontecido. Y dicho flujo trajo consigo mucha más destrucción, demoliendo parte del techo sobre el cuerpo abrasado e irradiado del artista, rompiéndole de inmediato varias costillas y haciéndole perder el conocimiento.

Al despertar, vio el cielo a través del techo del garaje. El edificio que había encima había desaparecido. El dolor era indescriptible a pesar de la anestesia de la adrenalina. Después de unos minutos de *shock*, retomó la conciencia y salió cojeando del garaje en ruinas.

Miró alrededor: una inmensidad de destrucción. La civilización en llamas y cenizas. Del cielo caían cenizas y todo tipo de sustancias que el artista sabía perfectamente que tenía que evitar pues era la famosa lluvia radioactiva. Su plan había fracasado... Estaba completamente expuesto a la radiación, sus heridas eran graves y sentía el interior de su organismo devastado. Se sentía en el ambiente una extrema sequedad y la intensidad radioactiva que cubría cada centímetro cúbico. Sentía cómo se despedazaba de dentro hacia fuera. Estaba condenado a muerte. Nadie iba a rescatarle de algo así. Cualquier cuerpo de emergencia estaba destruido o, siendo muy optimista, tenía cientos de kilómetros de escombros y moribundos por delante para atender antes de llegar donde estaba. Y ni con ayuda médica. Era irreversible el daño. El resto de los civiles, incluidos los que habían podido resguardarse —que serían pocos, debido a la inmediatez de la explosión— estarían encerrados siguiendo los protocolos. No tenía sentido salir a ayudar, era demasiado peligroso exponerse al exterior. La muerte lo inundaba todo.

El olor a humanidad, sustancias químicas y metal quemados se mezclaba en el aire, formando un miasma que quemaba los pulmones. El hedor a carne chamuscada era insoportable. Alrededor del artista, cuerpos calcinados se alzaban como monumentos grotescos a la muerte, mientras figuras humanas deambulaban sin rumbo, con sus mentes reducidas a cenizas, igual que sus cuerpos. Apenas se podía diferenciar si eran hombres o mujeres.

El artista aceptó la muerte de inmediato. La aceptó dentro y fuera de sí. Era demasiado evidente para guardar esperanzas. Sintió mucha paz. Era cuestión de poco tiempo.

El artista sintió que también había algo bello en toda esa situación. La destrucción y la muerte que habían vivido siempre dentro de su alma las estaba viviendo fuera, y había algo liberador en ello, como quien por fin vomita lo que le generaba malestar, como quien por fin recibe el susto que le torturaba esperar. Esa experiencia catastrófica le había dado la base para comprender, por fin, algo que le daba calma. Comprendía muchas nuevas cosas. Ponía por fin cara a aquello que le amedrentaba.

Era inútil seguir caminando. El artista se dejó caer contra una pared de un edificio derruido. Su cuerpo quedó en *shock*, en colapso, en caída ascendente, totalmente inmovilizado, destinado a morir. Agonizaba mientras pensaba en qué hubiera querido hacer si tuviera más tiempo. También pensó en su hija adolescente, quien hacía tiempo se había marchado a un lugar seguro. Se sentía tranquilo porque había podido hablar de todo aquello que tenía pendiente con ella, de cuando su madre había fallecido en ese fatídico accidente de coche, de cuando él se había enfadado al querer ella seguir una carrera profesional motivada por la ambición más materialista. Habían quedado en paz y aceptaba a su hija y su hija aceptada a su pobre padre loco, genio sin éxito, loco modélico.

El artista intuía que en cualquier momento la carne de su cuerpo, al más mínimo movimiento, iba a despedazarse del todo por la alta intensidad de la radiación, destructora de lo que mantiene unida la materia, cayendo como si fuera una torre de naipes. La lluvia radioactiva, ese aire respirado, sus heridas, le hacían prever una muerte inminente. Y así vocalizaba guturalmente:

—Un roce de venas augura mi ocaso, mis músculos se extravían en contra de un tiempo vago. Cada instante nazco, pero muero al siguiente instante por si acaso. Enrojecido por el cielo, saturado de dolor bello a mi alrededor, en constante duda, atisbando algo cruento y acogedor, es un recuerdo, una reminiscencia, lo que me hace perdedor. Amigos, tengo miedo, pero reniego a la vez de una solución, siendo lo último que me acoge, el flujo, inefable, ávido de mi corazón.

El artista se sumió en una delirante y aterradora reflexión. Era como una sinfonía de palabras, símbolos, imágenes y músicas que versaban sobre la muerte. Pensaba y solamente podía pensar, pues ya le era imposible ver nada o emitir cualquier sonido:

—Voy a morir. Voy a morir. Voy a morir. Ahora. Ahora. Ahora. No quiero morir. Quiero vivir. Ahora entiendo que la muerte siempre ha sido mi mayor motivación para vivir. Ahora entiendo tantas cosas. Mi ego lucha y lucha por la supervivencia. Él es el primer interesando en pensar cómo sobrevivir. Por qué no habré cultivado antes la fe... Me siento solo, abandonado. Echo de menos a mi hija, a mi gente, a mi familia, a mi mamá, a mis pinceles... La muerte me está matando. Por qué me está matando tan lentamente. Por qué este sufrimiento. Todas las moléculas de mi cuerpo se están corrompiendo, mutando, rompiendo. Mis células se están deshaciendo y arrasan con las supervivientes.

El artista se paró a escuchar los sollozos y los moribundos lamentos que inundaban todo a su alrededor. Eran lamentos agónicos y sin fuerza, gritos de desesperación débiles, almas apagándose. Todo estaba cada vez más silencioso. Siguió diciéndose para sus adentros:

—¿Por qué la muerte? Matamos constantemente. A animales para comer, a plantas para comer. A animales para decorar, a plantas para fumar. A animales para divertirnos, a plantas para demostrar amor. La muerte parece parte de la vida, del ciclo inevitable, de su equilibrio. Podríamos haber hecho más para que este ciclo de vida pagara más justamente por tantas muertes. Y mi ciudad, mis amigos, familiares, los millones de seres humanos que hoy están muriendo, ¿serán preludio de un gran renacimiento o son el desenlace de una cuenta pendiente? No lo sé... Qué poco importan tantas cosas ahora que todo se me acaba. Volveré a ser parte del todo, o volveré a ser parte de la nada. En cualquier caso, volveré a ser lo que más he sido.

El artista empezó a toser sangre y de la sacudida de la tos cayó de lado y quedó tumbado boca abajo. Se ahogaba, pero su consciencia seguía viviendo vívidamente:

—Siento que me libero del peso y del dolor de mi cuerpo, de esta carcasa desgastada, de este chasis inservible, de este mundo sin vida. Siento que floto y me elevo más allá de mi moribundo cuerpo. Me elevo y elevo hasta el cielo desde donde veo infinitos horizontes, todos ellos inundados de setas atómicas y nacimientos fugaces, nacimientos de muerte. Pero me elevo todavía más y dejo todo eso atrás y me introduzco en un agujero, una especie de agujero de gusano que me lleva hasta algo divino. Mi verdadero hogar. Reconfortante, tranquilo, hermoso. Me acompañan mi nieto y mi esposa, mi abuelo y mi bisabuelo. Soy feliz. Mi vida aparece ante mí y siento que estoy preparado para dejarla ir, para dejar que se funda en el todo. Seguimos en contacto, adiós. A Dios.

Y entonces el sistema nervioso del artista acabó apagando su electricidad y magnetismo. Las alucinaciones resultado del colapso de todo su cuerpo cesaron. La confusión masiva y su respuesta subjetiva consecuente con la estructura general del sentido humano simplemente dejaron de ser.

Su perturbación jamás fue la no existencia, sino el de la existencia ante la no existencia, el de la existencia del paso a la nada, la existencia en transición, ese salto al infinito.

PAZ ETERNA

[AVISO DEL AUTOR: si tú o alguien a quien conoces está atravesando por un momento difícil, recuerda que no estás/está solo. La ayuda está disponible y puede marcar una diferencia significativa. Hablar con alguien puede ser el primer paso hacia la recuperación. Puedes contactar con la Línea de Atención a la Conducta Suicida llamando al 024, un servicio confidencial disponible las veinticuatro horas del día. Juntos podemos encontrar una salida y superar las adversidades.]

Hola, mamá:

Si estás leyendo esta carta imagino que no entenderás por qué he hecho lo que he hecho. La verdad es que no podía más. La vida era demasiado dolorosa, cada bocanada de aire era un anhelo de que fuera la última. Cuando me preguntabas cómo estaba, mi respuesta siempre era «no puedo quejarme, lo tengo todo». Y así es. Tengo unas hijas maravillosas, una mujer amorosa, un buen trabajo, salud, amigos. Lo tengo todo, pero me siento profundamente solo e incomprendido. Lo tengo todo, pero yo solamente quiero la nada. Sé que en este momento yo ya no existiré y que mi último acto será horrible y traumático para ti y los que me queréis. Y, aunque mi dolor se multiplica por infinito cuando lo pienso, yo solamente quiero dejar de ser. Mi impulso de no ser, destructivo, supera mi impulso de ser y de amar. En el fondo siempre ha sido así.

No sé si será porque quiero justificar mi cobardía o porque soy muy sensible, pero contemplar y sentir lo que me rodea solamente me despierta una compasión insoportable. Quiero ayudar a la gente, pero no sé cómo, y eso me frustra, me hace sentir impotente, me hace sentir que la vida es injusta y malvada. Puedo escuchar a alguien y darle un abrazo, pero eso es como querer evitar que se seque un pantano guardando una gota de agua en un frasco. Es una tragedia, lo mires como lo mires. Mi sentir amoroso por haber cuidado de una persona en particular no me consuela, pues es una ínfima burbuja de dicha y felicidad, un diminuto frasco de amor rodeado de un océano seco. Y si empatizar con una persona ya me sume en un sufrimiento que atraviesa mi alma, imagínate cuando siento ese sufrimiento en el mundo.

Mamá, sé feliz y dile a mis hijas y a mi mujer que las amo y que mi huida del mundo no era una huida de ellas, es una huida hacia delante, contra la desesperanza. Soy un kamikaze contra lo que me amedrenta. Si lo pienso bien, no creo que sea una huida. No lo sé. Creo que es una atracción irresistible por la inexistencia, algo imposible de controlar. Diles también que he sido incapaz de escribirles unas palabras... ¿Qué podría decirles? Es que no puedo decirles nada... Sí que me gustaría que aprovecharan la vida, que fueran felices, que supieran apreciar las maravillas de la vida, el amor y su belleza. Pero no creo que esté en posición de decirles nada de esto, por mucho que realmente crea que es así para ellas.

Te quiere,

TU HIJO

Kurt estaba sentado en el borde del acantilado, completamente en paz por haber encontrado una solución a su problema. Era el momento previo al amanecer y en ese instante la madre debería estar leyendo la carta de despedida. Su mujer e hijos estaban de visita unos días compartiendo con sus suegros en el pueblo y no sabrían nada hasta pasados unos días o después de la llamada de la madre. Había arreglado el testamento, se había despedido, a su manera, de sus seres queridos, incluso de su terapeuta, al cual tenía mucho que agradecer, porque había sentido una voluntad real de ser ayudado. Pero nadie podía hacerlo.

Kurt se levantó y se aproximó al borde del acantilado. El frío y húmedo viento barría toda la energía de su cuerpo, el sol todavía no asomaba en el horizonte, pero podía verse cómo impregnaba de luz los territorios lejanos en alta mar. El suicida se preparó para el momento de la verdad cuando de pronto una voz ronca se escuchó a pocos metros:

—¡Ey! ¡Tú! ¿Qué estás haciendo? ¡Te vas a caer! ¿No estarás pensando en tirarte?

—¡No te acerques, voy a saltar y quiero hacerlo tranquilo y en intimidad! —gritó visceralmente Kurt sin girarse y mostrando una absoluta predisposición a saltar al mínimo acercamiento.

—No te preocupes, yo he venido a lo mismo, no voy a intentar detenerte. Ahora mismo te dejaré en soledad para que sigas. No sé por qué te he dicho nada.

Kurt quedó atónito con esa confesión y se giró. Vio a un hombre alto y delgado, jamás le hubiera puesto esa imagen a partir de su voz ronca. Espetó:

—¡Espera! ¿De verdad te vas a tirar?

—Sí, nadie me va a echar de menos, esta vida es una mierda.

—¿Y eso? ¿No hay nadie que te vaya a echar en falta, nadie que sientas que te quiere? ¿Nadie en quien pienses ahora y que te haga dudar de ejecutar este fatal plan?

—No, claro que no. ¿Acaso tú sí?

—Tengo mujer y dos hijas maravillosas...

—¿Qué? Pero no entiendo... Mi mujer me engañó durante años con mi mejor amigo, mis compañeros de trabajo me hicieron la vida imposible y acabé renunciando, sin dinero, sin saber dónde vivir. ¿Estás en la mierda con deudas quizá?

—No, tenía un buen trabajo, buen ambiente, reconocimiento, un sueldo generoso, mucho tiempo libre. Parece difícil entender que quiera acabar con todo.

—¿Qué? Yo trabajaba doce horas seis días a la semana, y eso para encontrarme a mi mujer con otro o para estar solo.

—Yo me siento solo a pesar de estar tan acompañado. Sé que cuesta entenderlo..., mi sufrimiento no es mío, es el del mundo, es el tuyo.

—¿Qué mierdas dices? A mí me deprime todavía más ver que alguien que lo tiene todo no sepa apreciarlo, como si no importara.

—Sí, lo tengo todo, pero la contraparte es demasiado grande. Mi dicha no compensa la desdicha de los demás. Tenerlo todo no compensa que los demás no tengan nada. Tu historia me entristece, la siento como otra gota colmando otro vaso, otro océano fuera del vaso. Mi terapeuta siempre me decía que lo tenía todo, pero yo, por dentro, no lo siento así... No creo que los demás lo tengan todo.

—Pero a ver, entiendo que hay muchas personas que sufren... sufrimientos interminables, pero hay cosas que tienen solución. Y en tu caso parece que no tienes algo que supuestamente crees que deberías tener. Pero ¿quién te crees para que tu vida solamente pueda ser si todos los demás son felices? Parece que ni siquiera piensas en aquellos que no sufren, en aquellos que viven con plenitud, felicidad y gozo. Seguro que hay cientos de millones de personas que viven el día con amor, bondad y ganas de crecer y hacer crecer. Pero tú te quedas aquí, lamentándote. ¿No estarías mejor si buscaras la forma de que miles de personas estuvieran mejor?

—Pero siempre habrá millones que estarán mal.

—Chaval, la vida en todas sus formas lucha por sobrevivir a la muerte. La muerte está allí siempre, la posibilidad de fracaso está ahí motivando, haciéndose presente como una realidad amenazante. En este mundo a cada uno le toca lo que le toca, y hace lo que puede con lo que tiene. La vida siembra todo lo que puede y luego las circunstancias seleccionan lo mejor. Yo he sido esa semilla que cayó en el desierto o creció a la sombra de mínimas oportunidades. No es ningún drama que millones de semillas no prosperen, así es la puta vida. A mí me ha tocado morir, no tengo nada ni a nadie. Pero tú has nacido en el Edén, en el Jardín de las Delicias, eres una semilla que germinó en la tierra más fértil, con el agua más hidratante, el sol más fotosintético.

En ese momento alguien saltó al vacío en silencio.

—No, ¡espera! —dijo uno de los dos.

Luego sonó un fuerte golpe en el océano. Y luego más silencio.

Y solamente le siguió más silencio. O eso dirían los que niegan que algo suene si no puede ser escuchado.

EL VIAJE DE HELENA

Esta es la fantástica historia de una joven de grandes y venustos ojos. Su mirada hechizaba a tantos hombres como distinguía y así había dejado en su pasado una estela ancha y revuelta de pretendientes y amantes, de amores y desamores. Esta particular mujer se llamaba Helena y no por casualidad. Su belleza, amor y sabiduría justificarían cualquier guerra.

Era una noche de verano. El cielo se mostraba denso, como una bóveda de cemento rojo anaranjado. Helena estaba en una terraza con sus amigos. Estaba contenta y se sentía muy bien por los estudios que acababa de finalizar aquella misma semana. No obstante, de forma inconsciente, había algo dentro de sí que la inquietaba y no la dejaba sentirse del todo libre. Una persona había aparecido en su vida y le había creado un interés y un apego que ella no quería ni esperaba en ese momento. Sentía una parte importante de sí que le pedía desapego, estar consigo misma, apegada a su alma, celosa de sí, abierta y acompañada por todo el universo, dispuesta a poder darlo todo, sin límites, solo con posibilidades que pudiese controlar, solo dispuesta a exponerse por un amor que pudiera sentir consumado.

Pasaron las horas y pasaron de la mejor manera posible. Después de hacer la payasa un buen rato, una sensación de agobio invadió su cuerpo y se despidió apresuradamente excusándose, diciendo que había olvidado enviar un documento que su jefe le había pedido con urgencia máxima. No era cierto, pero sentía la llamada de un extraño magnetismo que la aguardaba en algún lugar de aquella ciudad. Así que empezó a caminar hacia su casa, aunque sin destino. La lluvia la sorprendió y las gotas la inquietaron cada vez más. A cada gota que sentía, la sensación de estar prisionera en un callejón sin salida se multiplicaba por dos. Y así permaneció debajo de la lluvia durante más de media hora. La ansiedad se hizo insostenible y empezó a llorar sin encontrar consuelo. Sus lágrimas saladas se confundían con las gotas de la lluvia. No se podía diferenciar si era Helena quien llovía o las nubes quienes lloraban. Al final, un misterioso hombre de mediana edad, de cabello largo y ondulado se acercó, y dijo con voz grave y aterciopelada:

—Helena, ¿qué te pasa?

Al oír su nombre alzó la vista y contestó:

—Me siento muy mal y no sé qué tengo que hacer... ¿Quién eres?

—Soy tu maestro. He venido para ayudarte.

Aquellas palabras pacificaron su alma.

—¿Mi maestro?

—Sí. Y voy a ayudarte. ¿Podrías cerrar los ojos?

Helena cerró los ojos y la lluvia cesó, pero el sonido de esta seguía invadiendo toda la ciudad. Las luces de la calle, que traspasaban la finura de sus párpados, se fueron haciendo cada vez más tenues hasta que la oscuridad lo acabó abrazando absolutamente todo. A pesar de lo extraordinario de cuanto ocurría, Helena mantuvo la tranquilidad y siguió las indicaciones de aquel hombre que, sin ninguna duda, era su maestro.

—Ahora, Helena, fíjate en la luz que subyace en la oscuridad. Mira la oscuridad y dime, ¿qué ves? Tómate tu tiempo —dijo su maestro a la vez que el sonido de la lluvia también cesaba, dejando aquel lugar en el más solitario de los lugares existentes.

—Veo infinitos puntos de luz que parpadean caóticamente, es imposible fijar la vista en ninguno de ellos.

—Muy bien, Helena. Es natural que veas estos puntos. Todo está en continuo cambio, incluso tú misma eres imposible de fijar con la mirada. Por favor, sigue mirando, adáptate a la danza de estos puntos. Fluye con ellos.

—Ya...

—Y ahora, deja que esos puntos se fundan y empiecen a formar líneas, formas, siluetas... —hubo una larga pausa y silencio—. Y que esas siluetas empiecen a contener colores sepias... —Una vez más, hubo una larga pausa y silencio—. Y que esos contenidos empiecen a diferenciarse en formas complejas de colores...

Y así, Helena empezó a diferenciar lo que parecía un bosque enorme y salvaje, muy verde. ¡Lo contemplaba con los ojos del espíritu! No lo estaba viendo con los ojos de la imaginación. Ella sabía que eran dos formas de ver muy diferentes. ¡Era como si sus ojos físicos lo vieran! Era como si los ojos físicos y los ojos del espíritu colaboraran, vieran a la vez y vieran lo mismo. De repente, la emoción la colapsó y la imagen desapareció. Quiso abrir los párpados, pero todo permanecía oscuro. La voz grave de su maestro estaba ausente. No obstante, lo sentía cerca de sí. Helena solo veía oscuridad, solo escuchaba su propia respiración que se iba acelerando. Sensaciones contradictorias recorrían su cuerpo. De improviso, sobre ese fondo oscuro que lo rodeaba todo, pudo percibir un *flash* todavía más negro. Realmente no lo vio, pero percibió su movimiento y la arrastró hacia el infinito. Vértigo y luego paz. Eso fue lo único que sintió.

Helena despertó como si lo hiciera por primera vez, como si aprendiera a hacerlo. Acabó tomando consciencia de que estaba en medio de un bosque y que era de día. Hacía sol y algunos rayos de luz lograban alcanzar su despertar. La vida habitaba cada rincón: árboles, arbustos, hierba, hormigas, ardillas, pájaros y..., a pocos metros, una cabaña de teca. Helena no dudó en levantarse y entrar en ella sin ni siquiera llamar antes a la puerta.

Y ahí estaba él, su maestro.

—¡Bienvenida! —Y, acto seguido, se acercó a Helena y la abrazó con ternura.

Helena se sentó delante de él y se quedó en silencio. Su maestro le dijo:

—Quieres hacerme una pregunta, ¿verdad? Una pregunta que jamás nadie haría. Una pregunta que crees que solo yo sabré contestar.

Helena recapacitó con sorpresa. No había caído en la cuenta de que eso era cierto. Efectivamente, tenía una pregunta.

—Maestro, ¿quién soy?

—No puedo darte una respuesta por razones que ahora no podrías alcanzar a comprender. No obstante, te ofrezco algo mucho mejor. Te ofrezco que llegues a ser tú misma, aunque será un camino lleno de dificultades. ¿Estás preparada para partir?

—¡Sí! —afirmó Helena llena de sereno entusiasmo.

Y, así, ambos salieron de la cabaña y se dirigieron bosque a través. Ella detrás de él, cabizbaja, observando la vida debajo y alrededor de sus pies. Él mirando de frente, con paso firme y ágil a la vez.

Así, finalmente, después de muchos instantes, llegaron a un río muy ancho y caudaloso. Al otro lado, un barquero aguardaba, custodiando su frágil embarcación. Al verlos se dispuso a cruzar el río para recogerlos. Helena observó que otras dos personas esperaban cruzar a la otra orilla. Eran una abuela y su nieto de cinco años. Vestían como si todavía habitaran en la Edad Media. El niño, en la orilla, tiró un palo que golpeó el pie de su abuela. La abuela le advirtió:

—Ten cuidado, si me das en la cabeza puedes hacerme daño.

Y el niño la contestó ilusionado:

—¡He tenido buena puntería!

El maestro, que había estado muy atento a lo sucedido, empezó a reír a carcajadas, reacción que sorprendió mucho a Helena. No había para tanto, pensó ella.

El barquero llegó y dijo:

—Suban, suban. Yo transporto personas que quieran sortear el río y vosotros transportáis alegría y despreocupación. Hagamos un trueque, si os parece bien.

Los cuatro subieron a la balsa y el maestro dijo a Helena:

—Como decía un filósofo alemán, la seriedad es cosa del tiempo, se produce por una hiperestimación del tiempo. Y, por suerte, nosotros tenemos toda la eternidad para llegar a nuestro destino.

Helena escuchó y no dijo nada, tan solo pensó un instante en aquello y luego siguió observando y viviendo todo aquello. Se sentía muy alegre y no quería pensar demasiado.

La barca llegó al otro lado, justo a un lugar donde el agua no era arrastrada por la pesada corriente. Multitud de libélulas pululaban a ras del agua. Todos saltaron al agua, que estaba fresquita y muy limpia. El sol calentaba y hacía muy agradable aquel baño. Pero el niño no se había tirado todavía y decía:

—¡Abuelaaaaaaa! ¡Que me tiro, que me tiro! —dijo el niño—. ¡Que me tiro!

—Pero si no te atreves, no me creo que te vayas a tirar —dijo la abuela con aguda picardía.

—Me tiro, ¿eh?, me tiro.

—¡A ver, a ver! ¡Es que hasta que no lo vea no me lo voy a creer!

Y por fin el niño se tiró y todos rieron durante los momentos en los que estaba sumergido por la caída. Helena se sentía muy feliz y reía junto a su maestro y el barquero. La abuela felicitó a su nieto por lo que había hecho y todos se dirigieron a tierra firme.

Antes de separarse, Helena se acercó al barquero y le agradeció el viaje. Entonces, el barquero le regaló a Helena una piedra blanca que parecía tener cráteres como la Luna. Ella se guardó la piedra con gran ilusión y luego caminó hacia su maestro, que la esperaba para continuar el viaje.

Caminaron por el bosque durante horas, hasta que entraron en zona de montañas. A lo lejos divisaron una montaña especialmente alta. Era muy diferente a las demás, muy estrecha, verde y alta. Caminaron hasta llegar al pie de esa montaña. No había árboles en ella, solo hierba e infinitud de helechos. El maestro bordeó la montaña buscando el modo de subirla. Helena le siguió. Y así hasta que a los pocos pasos encontraron unas escaleras de piedra que se perdían en el cielo. El maestro empezó a subir y Helena hizo lo mismo. Ella vivía todo aquello como un ritual místico. A medida que subían, la sensación de vértigo era mayor. Las escaleras eran muy empinadas y daban la sensación de ascender muy verticalmente. Y así era. Una torpeza y la caída sería mortal.

Subieron escalón tras escalón, unos más anchos y altos que otros. Desde la altura, un millar de escalones después, aquellos bosques parecían los propios de Japón, de los cuales provenía un murmullo atronador de pájaros, fieras, viento y árboles moviéndose. Todo estaba colmado de esa poderosa y lejana vibración, reinante incluso desde las alturas. Después de muchos esfuerzos, llegaron a la cota de la montaña y allí había un pequeño templo de piedra gris. En medio de la entrada, en lo alto de la breve escalinata de cinco peldaños, se hallaba sentado un sabio sin barba blanca. El maestro se acercó al sabio y Helena se apresuró para escuchar un diálogo, que prometía ser interesante:

—Buenos días, ¡vives en un lugar precioso! —dijo el maestro con inocente alegría. Pero el sabio tan solo asintió con la cabeza—. Venimos de lejos para que esta mujer llamada Helena consiga ser quien es.

El sabio se levantó y se acercó a Helena. La examinó de cerca, dando vueltas a su alrededor. Le tocó la cara y le cogió de las manos. Helena estaba incómoda, pero la mirada protectora de su maestro la relajó y pudo confiar en aquel sabio, que al final dijo:

—Los rápidos saciadores de espíritu, los que carecen de paciencia, vagabundearán por montañas de cimas bajas y sus ascensos serán lentos y torpes, pues permanecerán tuertos de un ojo y cada vez que levanten el bastón del cieno, la fuerte ventisca los balanceará siendo demasiado evidente, para sí mismos y los demás, su debilidad de espíritu.

Helena, por supuestísimo, replicó:

—No tengo ninguna prisa en saciar mi espíritu. Si no puedo en esta vida, ya lo haré en las siguientes.

—Ay..., los románticos..., sois soñadores de la belleza de vuestro pasado —dijo condescendientemente, lo cual molestó sobremanera a Helena...

Entonces, el maestro intervino y dijo:

—Oye, ¿tú qué sabes de ella? No buscamos nuevas doctrinas. Hemos venido para dialogar y aprender, no para que nos juzgues antes de habernos dado a conocer mínimamente.

—No hace falta más. Ya sé quiénes sois: simples humanos, al fin y al cabo. ¡Además! ¡Cómo te atreves! ¿Sabes con quién estás hablando? ¡Cómo osas tutearme! ¡Debes tratarme con respeto! ¡Debes tratarme de «gran maestro»!

—¿Tuteo a Dios y pretendes que no lo haga contigo? Sabrás mucho, pero das por supuesto mucho más.

Y, seguidamente, el maestro se dio la vuelta, hizo una señal a Helena y se marcharon ambos por donde habían venido. A Helena le sorprendió la reacción de su maestro, pero no quiso juzgarle.

—¡Qué pérdida de tiempo! ¿Para qué hemos subido un millón de escaleras? —estalló de rabia Helena.

El maestro no contestó y cien escaleras abajo se paró en un peñasco que sobresalía varios metros de la montaña y se adentraba en las alturas y el vacío del cielo.

—Acércate y siéntate aquí en el suelo, por favor.

Helena obedeció sin dudarlo, aunque todavía un poco alterada.

—Quiero que medites mientras yo bajo a hablar con el bosque. Necesitamos ayuda si queremos seguir con nuestro viaje.

Helena meditó durante horas y llegó un punto en que su cuerpo parecía pesar tanto como su conciencia pesaba en su espíritu. Así que, poco a poco, sin percatarse, Helena empezó a levitar. Así estuvo durante una hora más o menos, sin noción del tiempo, concentrada tan solo en el instante. Helena había dejado de escuchar el murmullo del valle que lo rodeaba todo y entonces decidió abrir los ojos, con la sorpresa de encontrarse flotando justo encima del templo del sabio de la cumbre. El sabio estaba observando, con los ojos completamente abiertos y todos los músculos en tensión, intentando abrir la boca y decir algo que pudiera explicar aquello. Helena se asustó y descendió poco a poco hasta posarse encima del tejado.

El sabio quiso averiguar cómo lo había hecho, pero Helena no supo qué contestarle. En ese momento comprendió que el error de aquel sabio era querer vivir la vida a través de las palabras y de la soledad. Fatal y contradictoria combinación. Ella descendió de nuevo hasta el peñasco. Ahí estaba el maestro con una compañía sorprendente: un águila gigante.

—He pedido ayuda y esta águila se ha ofrecido a llevarnos hasta la costa. Quiero que vayamos a la playa.

—¡Muchas gracias, querida águila! —agradeció Helena con una gran sonrisa.

El maestro y Helena subieron a espaldas del águila gigante y alzaron el vuelo con suavidad. Durante todo ese fantástico viaje, Helena estuvo pensando sobre el sentido de lo que había ocurrido.

Llegaron a la costa. Era una playa paradisiaca. El agua era transparente y turquesa. La arena blanca y fina. Y estaba rodeada de una selva frondosa donde cada ser vivo era gigante. El maestro y Helena despidieron con sendos abrazos al águila y se pusieron a caminar por la arena. Así anduvieron hasta el crepúsculo del atardecer y resultó que vislumbraron a lo lejos unas antorchas. Había mucha gente y se escuchaban tambores. Un hombre moreno muy atractivo y de mirada profunda fijó la vista en Helena. Ella se sintió atraída y se acercó a él. El maestro se adentró en la selva y desapareció.

—Eres la mujer más hermosa que he visto en mi vida. ¿De dónde vienes?

—De muy lejos, he estado viajando. Estoy buscando mi ser.

—Si te quedas conmigo, te ayudaré a encontrarlo.

Y estuvieron hablando brevemente hasta que Helena dijo:

—Bueno, me gustaría mucho quedarme contigo, pero tengo que irme.

—Espero que no te olvides de mí.

—Yo solo espero no olvidarme de mí misma.

—Pero ¿no te gustaría estar con alguien como yo? ¡Venga! Anímate, ¡yo estoy dispuesto a darte todo el cariño y todo el placer del mundo!

—Viéndote así... No, no me gustaría. Además, no me interesa

si eso supone olvidarme; si eso supone confundir necesidad y deseo; si eso supone que me abraces con suficiente fuerza como para dejarme sin aire; si aquello que amo es prisionero de mi amor.

—No te entiendo. El amor permite completarte, realizarte por completo.

—Quizá sí, pero yo entiendo que el amor es a la vida lo que un solista es a una canción. Es decir, el amor hace la vida especial, permite vivirla con magia, amando la profundidad del instante, amagando y aguardando momentos irrepetibles e inesperados. Sin embargo, si este solo de guitarra se ausenta, ese momento de lucimiento individual e irrepetible, no pasa nada. Lo importante sigue ahí: la base instrumental, es decir, la melodía, el estribillo, el ritmo de la percusión, etcétera. Haya amor o no, la armonía de la vida se mantiene. En estos momentos de mi vida estoy asegurándome de que la base instrumental sea sólida y, además, no siento que seas el solista que encajará con mi orquesta. Lo siento. En fin, debo irme.

Helena se levantó y se acercó a la orilla quedándose el muchacho muy pensativo y desazonado. Se sintió orgullosa y tranquila. En ese momento, el maestro apareció, se acercó y le dijo:

—Ya queda menos para llegar al final de nuestro camino.

—Pues yo siento que apenas he divisado a lo lejos lo que podría ser el comienzo de este camino.

Caminaron bordeando la costa hasta que en un momento dado el maestro empezó a correr hacia el interior frondoso de la selva.

—¡Corre! —espetó violentamente sin girarse—. ¡Sígueme! ¡Corre! ¡Ya!

Helena se asustó y corrió tras él sin saber por qué corrían. De repente, escuchó que alguien o algo los perseguía.

—¡No te gires! ¡No te gires! —dijo el maestro con agresividad y desesperación.

Helena cada vez estaba más asustada. Corría esquivando árboles, piedras, troncos caídos, arbustos y zarzas, mientras su cuerpo se iba magullando. El terror estaba a punto de vencerla. El tener cerca a su maestro era su único alivio, la única razón para creer que, si se esforzaba, habría esperanzas de huir de aquello que los perseguía, fuera lo que fuese.

Cuando Helena empezó a sentirse completamente agotada, el maestro giró bruscamente a la derecha y milagrosamente halló un escondite: una pequeña cueva. En un principio, Helena creyó que era mala idea, una ratonera, pero la seguridad del maestro era absoluta y por ello acabó confiando nuevamente en él.

Ya estaban dentro, completamente a oscuras. Se adentraron varias decenas de metros y guardaron silencio mientras miraban la entrada que rebosaba luz. Una figura negra, iluminada a contraluz, indescriptiblemente aterradora, apareció de repente y permaneció completamente estática como si agudizara todos sus sentidos hacia el interior de la cueva para averiguar si sus presas se escondían allí. Helena empezó a temblar. Era algo infinitamente más horrible que una bestia. Aquel ente sería capaz de matar de la forma más ilógica e inesperada, estaba ávido de la agresión más loca y penosa. El maestro también temblaba. Al final, aquel ser se alejó con pausada lentitud hasta que pareció haberse marchado por completo. El maestro suspiró y dijo:

—Aquí estaremos a salvo.

De improviso, un ruido proveniente de lo más hondo de la cueva sobresaltó a Helena.

—No te preocupes —dijo en voz baja el maestro—. Ese sonido tan solo es la sombra del movimiento de un pobre loco. Vayamos a saludarle.

Empezaron a caminar hacia el fondo de la cueva. Esta era estrecha, apenas dos o tres metros de ancho, pero muy profunda, e iba curvándose hacia la derecha. Así caminaron hasta que vieron una pequeña hoguera. Un anciano enjuto estaba danzando alrededor de un fuego que apenas iluminaba, como si la luz pesara. Tenía una extraña belleza. Sonreía. Cuando se percató de la presencia de sus dos visitantes empezó a decir con voz suave y aguda:

—Bienvenidos a mi hogar. Hacía muchos años que no recibía una visita tan agradable.

Helena y el maestro saludaron cortésmente, y Helena descubrió que aquel hombre era invidente. Preguntó, valientemente:

—Disculpe, ¿podría hacerle una pregunta personal?

El anciano gesticuló lo que parecía vagamente un asentir.

—¿Cómo se quedó ciego?

113

—Hace muchos años, no sé cuántos, una de las criaturas del diablo me persiguió por estos alrededores. Después de mucho correr y correr, me di por vencido. Aterrorizado a la espera de ser depredado de un modo infernal, quise al menos evitar ver a mi verdugo y ahorrarme marcharme de este mundo con una insoportable visión para vidas y vidas de pesadillas. Por eso decidí tumbarme boca arriba y fijar la vista en el sol hasta quemar mis retinas. La luz más sagrada fue lo último que vi. ¿No es algo hermoso? Una vez ciego, me levanté y corrí hacia mi perseguidor en un último acto de locura para así justificar mi cobardía. Pero... pero debí desorientarme porque acabé en lo hondo de esta cueva. Desde entonces, vivo aquí.

Y el anciano se puso a llorar desconsoladamente. Helena pensó que no había nada más triste que un anciano triste, solo, moribundo, que lloraba y lloraba lágrimas, lágrimas que salían de ojos que ya no servían para nada; cuyas arrugas angostas canalizaban aquellas lágrimas hasta la comisura de sus labios incoloros. Observaba al anciano angustiado, sacando la punta de su lengua insípida y humedeciéndosela de esa agua triste y salada. Y el anciano no dejaba de derrumbarse.

El maestro susurró a Helena:

—Lo que ha conocido este pobre anciano pertenece a la esfera de lo imaginado. Para él no somos una cosa diferente a sus fantasías. Para él no somos reales. Si nos acoge con amabilidad y amor es porque cree que está dirigiéndose a sí mismo, que está aprendiendo a aceptar y amar todas sus partes. Pero seamos prudentes, el mal habita en su mente. Toda esta oscuridad solo puede temerse por ser condición de movimiento del mal, por poder coartar el pobre destino de conocer horribles realidades, horribles existencias, horribles dimensiones. Vayamos con cuidado, porque este hombre vive de forma permanente en la oscuridad y ha renunciado a la luz.

Helena sintió una compasión desbordante por aquel hombre. Tuvo el impulso de abrazarle, pero el anciano empezó a tomar una actitud diferente. Empezó a enloquecer:

—¡Ni lo pienses! ¡Ni lo pienses! ¡Ni lo pienses! —gritaba con voz temblorosa.

—¿Que ni lo piense? ¿El qué? —preguntó Helena.

—¡Ni lo pienses! No pienses en la complejidad de mi tragedia, es inútil.

—Es muy simple. Estás muy solo y...

—¡Ni lo pienses! Si fuera simple no sería una tragedia. ¡Vete de aquí! ¡Ya no eres bienvenida! ¡Largo! ¡Hueles mal!

—Son tus mocos, pedazo de zumbado —dijo el maestro—. Larguémonos.

Y Helena y el maestro salieron de la cueva mientras escuchaban al viejo romperse de desolación. Helena no supo cómo encajar la agresividad y la desgracia de aquel hombre. Una vez más, no se atrevió a juzgar la reacción de su maestro. Ya en el exterior, por suerte, no vieron ningún rastro del extraño ser de pesadilla.

Caminaron y caminaron hasta salir de la selva. Un extenso desierto de grandes piedras ardientes los separaba de su objetivo. La aridez de aquel lugar, el sol insoportable golpeando sus cabezas y el ardor en las plantas de sus pies desnudos hacían imposible emprender ese último viaje.

—¿Y qué vamos a hacer? —dijo Helena.

—Querrás decir que qué vas a hacer. Yo puedo caminar sobre este suelo abrasador. Te espero en el manantial de cristal.

Helena se quedó más petrificada que aquel desierto. Su maestro se fue empequeñeciendo en el horizonte y cuando solo fue un punto y el silencio fue absoluto, rompió a llorar y se sintió desgraciada, con su llanto como única compañía. Se recompuso y retrocedió hasta la selva donde buscó la manera de protegerse los pies y así poder cruzar el desierto. Probó con todo: hojas, piedras, maderas, hasta pieles de animales muertos. Pero fue inútil. Al pisar el suelo del desierto las hojas prendían fuego como géiseres ígneos, las piedras se hacían ascuas al instante, las maderas se pulverizaban y las pieles de los animales muertos se tostaban hasta hacerse carbón. El miedo volvió a dominar sus emociones. Además, la aridez del aire la asfixiaba. Sentía y pensaba que no sería capaz de salir de esa, y estaba convencida de que su maestro jamás regresaría para ayudarla y que la dejaría morir.

Se tumbó boca arriba, completamente desmoralizada, dejando que el sol abrasador la achicharrara. Y así pasó hasta el día siguiente. La luna llena también la cocinó, aunque a fuego lento. El suelo pedregoso del desierto ardiendo como la superficie del sol. A la mañana siguiente, antes de que el sol volviera a golpear con fuerza y a aturdirle la conciencia de una vez para siempre, Helena meditó en busca de sí misma. ¿Quién era ella? ¿Qué recursos ocultos podía tener para superar ese último obstáculo? El ojo de la contemplación —el de san Buenaventura— captó en su entorno algo extraño. Había descartado la posibilidad de volar. Y ella sentía que podía hacerlo. Ya lo había hecho en la montaña del sabio. Se concentró en ella misma, en sus chakras. Notaba la intensa presencia de sus energías, la solidez de estas permitía imaginar sus diferentes capas de densidad. Notaba que su cuerpo energético era igual de poderoso que su cuerpo físico, o quizá más poderoso aún. Volvió a querer proyectar esas energías hacia arriba. Levitó al instante.

En aquella ocasión Helena no quiso preguntarse por qué volaba. Puso toda su conciencia en seguir la dirección al interior del desierto. A medida que avanzaba sentía con más intensidad el aliento infernal del suelo, el vapor polvoriento de esas brasas. El sol empezaba a imponer su presencia. Y Helena, de alguna manera, y por alguna razón emocional de su inconsciente más profundo, sintió que comprendía y aceptaba aquel desierto, aquel lugar que con gran tristeza recibía una luz vitalizante que moría al contactar con ella, que se desperdiciaba en ella. Miró hacia abajo, hacia aquel lugar tan desgraciado, y lloró de compasión. Sus lágrimas cayeron hacia él, pero eran evaporadas antes de llegar al suelo pedregoso. Finalmente, una lágrima se introdujo justo en una pequeña grieta entre dos piedras. Las piedras empezaron a brillar y a dorarse poco a poco hasta que el oro lo cubrió todo. El desierto se había dorado. Helena se sintió feliz y se despidió del desierto comprendiendo, sin saber por qué, que ese desierto y ella iban a estar conectados durante la eternidad.

Por fin, Helena vislumbró el indescriptible manantial de cristal. Una lluvia fina, vaporosa y abundante de agua templada empezó a caer sobre su cuerpo desgastado y ardiente. El agua suavizó, nutrió y regeneró cada rincón de su cuerpo. La armonía lo invadió todo. A cada nueva gota sentía lo que el desierto había sentido con sus lágrimas. A este bienestar se le sumó la felicidad profunda y verdadera por haber sabido cómo superar tantos problemas. Algo había cambiado dentro de sí misma. Por primera vez sentía que sabía cómo debía amar y sentía que era capaz de hacerlo porque por fin sabía ser ella misma.

Aquella lluvia fina era tan abundante que era como estar debajo del agua. Respiraba el agua oxigenada y expiraba agua pura. El maestro la esperaba flotando en el cielo, a cientos de metros sobre el suelo del manantial. Era imposible saber si había agua en el manantial o si todo era manantial. Cielo, tierra y agua, era imposible discernir donde acababa uno y empezaba otro.

—Bienvenida al manantial de cristal, Helena, donde la realidad no se combina con la negación, donde todos convivimos indeterminados y somos los que somos. Aquí la eternidad lo hace rebosar todo. Es energía única, completamente presente. Aquí podrás vivir la infinita complejidad de cada instante. Aquí no pueden negarse las diferencias, todos somos libres para ser únicos, para sentir nuestra particularidad.

La imagen del maestro se empezó a distorsionar y pronto no pudo diferenciarse del entorno. Estaba mezclado con el todo, pero no fundido. Era como un vapor de aceite en la niebla. Conservaba su esencia y, a la vez, formaba parte del todo. Helena sentía una emoción inefable, era absolutamente desbordante, sentía con el corazón del manantial.

Finalmente, sintió que su viaje había llegado a su fin y todo empezó a convulsionar. Un sonido atronador lo envolvió todo y apareció en el silencio de su cama. Estaba tumbada, como acabada de despertar, y con una piedra blanca en la mano.

SELECCIÓN SOBRENATURAL

Sebastian Montclaire estaba de pie delante de una pantalla holográfica que cubría toda una gran pared. Era un hombre de sesenta años con cabello plateado peinado hacia atrás, sus ojos azul acero reflejan años de sabiduría. Vestía con elegancia atemporal, su porte era firme y su sonrisa cálida, marcada por líneas de las experiencias vividas. Le acompañaba una nueva asesora científica, Marian, de mirada aguda y cabello rojizo corto. De figura esbelta, con una postura impecable, transmitía confianza y profesionalidad.

En la titánica pantalla holográfica se mostraban todo tipo de parámetros, gráficos y datos. Un hombre vestido de blanco entró en la sala:

—Señor Montclaire, vengo a hacerle el reporte trimestral sobre el estado de sus inversiones.

—Adelante, dime.

—El sujeto 48 ha demostrado resultados muy por encima de lo esperado. A sus veinticinco años ha realizado todos los estudios y ha acumulado un conjunto de experiencias vitales que han potenciado los mejores rasgos posibles, los mejores hábitos, valores y estrategias de afrontamiento vital. Ya contemplamos aquellos rasgos que, aunque negativos en algunos aspectos y contextos, muestran ser óptimos según nuestras predicciones. La salud parece inmejorable, apenas algún resfriado puntual del cual su sistema inmune rápidamente se hace cargo. La modificación genética se aplicó sin problemas.

—¿Qué me dice del sujeto 23? Hemos hablado mucho de él.

—Lamentándolo mucho, entró en depresión y se suicidó el día que cumplía años. Parece que su fenotipo no activó cierto conjunto de genes como sí lo hicieron la mayoría.

—Una lástima, supongo que sus células madre y sus órganos han sido debidamente almacenados por si los necesitara.

—Por la naturaleza de su muerte, fue irrecuperable su cuerpo, al menos de forma óptima. De todos modos, todavía guardamos órganos de otros sujetos descartados en estado óptimo a punto de ser usados si fuera necesario.

—¿Cuántos candidatos óptimos tenemos actualmente? Quiero que Marian lo tenga todo muy claro.

—Los finalistas son diez sujetos de edades comprendidas entre los veinticuatro y treinta y tres años. Por otro lado, 165 sujetos quedaron descartados y han sido ya mandados a sus nuevos destinos. Por último, trece sujetos sufrieron alguna contingencia fatal.

—Muy bien. Estoy muy satisfecho. Lo conseguido supera toda expectativa. ¿Cuál es el informe de la inteligencia artificial general?

—Gracias a la IAG, al poder computacional cuántico que tenemos contratado y a los trillones de trillones de datos acumulados sobre las vidas de todos ellos, podemos estar seguros en un 99,9998 por ciento de que estos diez sujetos finalistas han superado con éxito todo el proceso. Han crecido en diez conjuntos de ambientes deliberadamente diferentes que les han permitido desplegar un potencial insuperable considerando 3.568 variables. Estamos en condiciones de cruzar todos los datos para, por fin, diseñar un plan vital que aúne todo, para que encuentre la mejor distribución de esas variables. Se trata de un plan de vida que Gabriel, el futuro niño, vivirá como destino. Está en camino la mejor expresión de su genética, la mejor secuencia de acontecimientos para su máximo crecimiento, máxima vivencia de la vida, máxima relevancia social, máxima realización, máxima variedad de experiencias significativas... Podemos hablar del ser humano más perfecto que jamás ha existido.

—Excelente. ¿Y el feto definitivo?

—El feto está ya en gestación en la madre finalista.

—¿Y el plan de vida para Gabriel?

—Estimamos que lo tendremos después de cuarenta días de procesamiento cuántico. Se ha encontrado más incertidumbre de la esperada en la definición del estado político europeo y del económico en Taiwán durante los próximos treinta y cinco años. Está todo el equipo preparado para cualquier imprevisto, aunque el plan que esperamos obtener del procesamiento no creemos que diste en más de un 1 por ciento del que modelizamos. Lo que sí podemos asegurar es que su experiencia vital no será percibida como controlada y previsible. Hemos diseñado diferentes etapas de crisis, experiencias cercanas a la muerte, aparente azar, incertidumbre y sufrimiento útil para que valore la vida, para su madurez y fortalecimiento psicológico, físico e intelectual.

Marian, quien no había hablado durante toda la comunicación, le preguntó a Montclaire:

—Señor, ¿por qué no tener hijos con una mujer como siempre se ha hecho?

—Porque mis genes se verían comprometidos al mezclarse con alguien inferior. La genética que he perfeccionado a lo largo de mi vida es demasiado excepcional para diluirla. Como sabes, he ganado todos los Premios Nobel en todas las modalidades que se pueden obtener, he sido campeón olímpico, he amasado un imperio tecnológico y mi mecenazgo influye en todas las esferas. Mi poder termina guerras entre potencias nucleares. Todo poderoso alaba mi existencia, se somete ante mí, sin ápice de competencia o desafío, solo con complicidad y admiración.

—Agregaría que usted es el más humilde, ¿no? —dijo Marian de forma cómica y desafiante.

El secretario, para relativizar la importancia de ese desafío, completó el autobombo de Montclaire con un símil botánico:

—Cuando una planta consigue sobrevivir al más extremo de los entornos, da los frutos más abundantes y nutritivos. Por eso se plantan sus esquejes, pues son de especímenes únicos.

—Pero ¿eso no es poco natural? Controlar la vegetación, los cultivos y las plantaciones muchas veces se hace de forma incompatible con los principios ecológicos —dijo Marian.

—¿Natural? —respondió Montclaire—. Hasta cierto punto podemos decir que todo lo que ocurre en la naturaleza es natural y nosotros somos parte de la naturaleza. ¿Cómo algo creado por la naturaleza iba a ser antinatural? Los seres humanos somos capaces de estudiar las reglas del juego de la naturaleza salvaje. ¿Y si en vez de natural es supranatural y trascendente? Aprendemos las reglas y después hackeamos el juego a nuestro favor.

—Pero ¿por qué experimentar con tantos clones? ¿Por qué no usó la IA para simularlo virtualmente?

—Es cierto que podría haber usado la IA para hacer todo este trabajo faraónico. Podría haber generado 10 millones de clones dentro de un espacio virtual tan complejo como la vida y explorar así ese ambiente que definiera mi versión epigenética ideal. Pero eso sí sería artificial. Sabemos que el silicio no tiene la profundidad y la sonoridad del carbono. Hemos simplificado la complejidad de la realidad a unos ladrillos que no son idénticos y algunos sabemos que lo que emerge de un ser de carbono es una melodía, electricidad y movimiento diferentes a un idéntico ser de silicio o hecho de código binario o q-binario. Y a pesar de lo que te digo, claro que usamos modelos de IA. Ya lo has oído. Los usamos también como apoyo y revisión. Pero sin olvidar que para una obra singular se requiere de la artesanía del genio científico.

—Realmente, me cuesta pensar en que estemos ante la perfección de lo humano.

—Pues así es. Gabriel se llamará.

—Pero el ser humano se caracteriza por tener una capacidad de adaptación muy grande. Poder entremezclar una genética con otras genéticas genera la amplísima variabilidad que es caldo de cultivo para que aparezcan formas de ser adecuadas para todo tipo de entornos en este mundo tan cambiante. Es un proceso azaroso que garantiza una cosecha diversa. Jamás podrás controlar todos los entornos del futuro y tu genética podría no adaptarse, por mucho aprendizaje controlado que quieras planear. ¿Quién sabe? Quizá tu excelencia actual sea mediocre en el futuro. Quizá tu inteligencia e iniciativa no sean adaptativas en el escenario mundial por venir.

—Pero ¿entonces qué pasa con nuestra capacidad para controlar que una determinada genética sea la adecuada? ¿No es la ingeniería genética una nueva forma de ser extraordinariamente adaptativos?

—¿Sustituyendo al azar? Creo que subestimas la capacidad creativa del azar, el potencial adaptativo de las mutaciones anómalas, por no hablar de que no puedes controlar la realidad que configura el mundo. Si no sabemos el estado de la tierra que tendremos no podemos saber qué semillas será mejor plantar si queremos sobrevivir.

Trescientos años más tarde, después del ascenso de Gabriel como un nuevo profeta, el fenotipo supremo fue incapaz de adaptarse a unas circunstancias globales y locales extremadamente anómalas. Su genotipo se había vuelto totalmente desadaptativo para la vida en prácticamente cualquier lugar de la Tierra. Su capacidad extrema de adaptación fue insuficiente, muriendo finalmente, sin intención de perpetuarlo con más clones. Fue una decisión fácil de tomar, visto lo visto.

NEUW, PEDÚNCULO DE LA EXISTENCIA

La Tierra, 20 de diciembre de 4048

Diferentes imperios dominan toda la galaxia. El de la humanidad es uno de ellos y se encuentra en guerra con otra civilización. Lewik Scoth es un diplomático con máximo poder ejecutivo, especializado en negociaciones entre civilizaciones.

No quise repudiarlo, pero lo hice... Mi viejo compañero de viaje interestelar, con quien había recorrido millones de años luz de antimateria más allá de la periferia imperial, se había convertido en un desdeñoso sicario. Me temo el porqué. La guerra no llegaba a su fin y cuando parecía acabar acometía con más violencia.

El fragor de antaño me anegaba el cuerpo de odio, sin embargo, a medida que transcurrían esperadísimas horas fatídicas podía sentirme valiente y con fuerzas para lo que fuera. La guerra no podría acabar conmigo, la muerte no la aceptaría jamás, a no ser que me atasen a una nave de las fuerzas del Imperio galáctico en lo más alto de la cofa norte y utilizaran todos los nervios de mi cuerpo para columpiar debidamente.

Decidí bajar al piélago. Necesitaba reflexionar y no había tiempo. Quería llorar y tampoco tenía tiempo. Quería entrar en contienda con el mundo ventrílocuo, pero no había tiempo. Vanidoso tiempo: siempre necesitando y queriendo sentir lo que no comprendía.

Fijé la vista un instante. ¿Dónde? No sabría decirlo, la incertidumbre era importante. El mar. El celoso mar que me atisbaba con orgullo. Este ansiaba serlo todo: agua (que lo era), aire, tierra y fuego. Con su agua cristalina se podía apreciar la arena glauca y raramente tersa. Además, en pleno invierno reposaba como un lago y parecía un espejo puesto en horizontal, lábil, superpuesto al fondo de arena. El agua reflejaba un cielo de atardecer, invernalmente abrasador, demasiado rojo, tan rojo como el fuego. Aquel cielo teñido de mala sangre auguraba, muy a lo lejos, en el límite del horizonte, miles de kilómetros de suelo resquebrajado y el infierno asomando y conquistando la superficie de una vez para siempre. Así pues, el mar había conseguido concentrar en una sola mirada el paraíso y el infierno, el mar y el cielo, la belleza y mi desesperación.

¡Estaba el mar tan orgulloso de ello! ¡Lo había conseguido! De repente me identifiqué con él. Tenía la absoluta certeza de que, si algún insensato quisiera romper con esa perfección con una simple piedra, el mar desobedecería cualquier principio universal y la piedra reaccionaría en el agua como si de cemento se tratase. Si no, me decepcionaría. ¡Piedra maldita!

Después de un viaje angosto por la guerra, a la semana ya me encontraba en la capital de la galaxia, a 2.400 años-luz. Maldecía tener prohibido mi intervención en la guerra. No era competencia mía, decían. Pero mi planeta también era potencialmente blanco para las ondas gravitacionales supermasivas, protagonistas de las más vastas devastaciones capaces de desintegrar sistemas estelares o de crear agujeros negros en puntos estratégicos. Como ejecutor general del planeta Tierra sí que me incumbía. Tanta negligencia... Todos eran como los guijarros con ansias de acabar con la belleza del mar. Todos eran guerreros.

A pesar de todos los avisos de no intromisión, había conseguido infiltrarme mediante el fraude en un grupo de «elegidos», todos a su vez voluntarios, para emprender un viaje sin retorno a la capital del imperio enemigo. ¿Con qué pretexto? Nadie había informado de nada, ni tan siquiera se habían parado a despedirnos. Tampoco me importaba mucho.

Durante el largo viaje, siempre escoltados por naves aliadas hasta el espacio fronterizo donde naves enemigas relevaron a las nuestras, confraternicé con una hermosa joven, repleta de ambigüedades, de pelo exageradamente hosco, sonrisa venusta y ojos... Sus gestos sagaces rebosaban de gracia y sí, en efecto, estaba enamorado. Ella supongo que también, no era solo sexo.

—¿Qué haces, Estela? —pregunté. Ella rebuscaba algo debajo de la cama.

—Mi guitarra, Lewik, se ha escapado. ¡Qué extraño! Si fueses una guitarra, ¿qué sentido tendría huir de una chica tan guapa como yo que te hiciera temblar de placer?

A partir de ese momento, tan inesperadamente provocador, empezamos a conocernos e indagar en nuestras vidas. Yo siempre me mostré prudente y mentí todo lo necesario. Nadie podía interferir en mi empresa. Estela era música, viajaba con toda su banda, la cual me había pasado inadvertida. Según me dijo, se pasarían todo el viaje en el módulo de éxtasis. Me hizo mucha gracia. Ella estaba convencida de que con su música simpatizarían con la civilización y eso relajaría tensiones. ¿Entre dos imperios galácticos? Vaya..., qué cosas. No los dejarían tocar ni un acorde. Desde aquel día, Estela quiso enseñarme a tocar la guitarra.

—No, así no, muy mal —decía ella respecto a mi música.

—Qué sabrás. Pues me gusta cómo suena y no hay más que importe.

Siempre acabábamos riñendo... y reconciliándonos con doblada intensidad.

En menos de tres horas nos acoplaríamos en algún puerto estelar de las entrañas de Neuw, un planeta hueco y capital del imperio enemigo. Estela estaba excitada, como todos. Sin poder reaccionar a tiempo, vi cómo desfallecía y caía al suelo. Pasó una hora, luego despertó toda lacia.

—No es nada, desde pequeñita me sucede esto. No hay manera de preverlo, siempre es lo mismo.

Me explicó que muchas veces empezaba a sentir, sin más, un calor especial en la nuca y que este se hacía gradualmente más intenso hasta percibir algo que describía como rayos de energía que le invocaban una melodía reminiscente, muy misteriosa, que no lograba separar de su fondo distorsionado. ¡Vaya carga! La pobre estaba toda turbulenta, sin poder apartar su mirada desazonante de la mía, mientras me agarraba la mano..., no sé cuál.

Pasado un mes me encontraba en un gran salón, aletargado, aunque ahogado de bellísimos mosaicos geométricos. Desde mi poltrona departía con el emperador enemigo. Se retractaba a cada afirmación, una tras otra. Vaya inseguridad mostraba..., encima enojado, según él, por mi palabrería. No forcé la situación y pedí vista para la semana siguiente. Necesitaba analizar la situación. La idea de razonar directamente con él me parecía una pérdida de tiempo, pertenecíamos a civilizaciones casi contrarias en cuanto a valores. Me alejé del palacio imperial, probablemente el más extraordinario del universo. Ya desde el exterior cientos de cúpulas invertidas de cristal rosado mostraban una flor colosal de pétalos esponjosos. Y su interior, con apariencia de tallo y raíz, ocupaba la mitad del hueco del planeta. Muchos, por envidia, les declararían la guerra.

Caminaba por el centro de la capital, tropical, de cielo azafranado y sus plazas tan acogedoras llenas de gente sin prejuicios... Bueno, eso sería sin guerra..., con guerra lo llamaban *tolerancia*. Bajé por la avenida principal inundada de mesones de dos plantas, de piedra oscura, muy tentadores, sin embargo, renegaba de toda relación y continué mi descenso cada vez más pronunciado por las grandes baldosas rectangulares blancas. Teníamos que admitir que éramos tratados como civiles autóctonos. Estela, después del susto, ingresó en el Hospital Imperial, donde le realizaron pruebas. Había ido a buscarla, al fin le daban el alta, no la seguirían tratando.

En aquel momento ella estaba reunida con todos los médicos para escuchar el diagnóstico. Me aburría en la sala de espera y no podía dejar de pensar en las palabras del emperador. Que si no conseguiría nada, que mis intenciones eran claras. Recuerdo aquellas palabras:

—Todo no puede ser, ejecutor Lewik Scoth, compréndalo, uno no puede bañarse en la orilla mientras otros pescan.

Yo, naturalmente, repliqué con soberbia.

—No temo los anzuelos, emperador. —Y él, siguiendo su línea de contradicciones, aceptó lo que venía al caso.

La espera se alargó y, sin aguantarlo, quise quedarme fuera. Me apalanqué en un pilar del pórtico. Alcé la cabeza. ¡Aquel sol me pareció muy agradable! Pero a pocos pasos un animal desconocido con alma de perro estaba atado en una columna adyacente y no dejaba de gemir, seguramente por el calor, ya que su pelaje podría ampararlo incluso del clima de Plutón. Disimuladamente me interpuse entre los haces de luz y el pobre animal. «Soy consciente y por lo tanto libre para sostenerme en tal situación y quiero ahorrarle un mal trago», pensé. De improviso, Estela me asedió y del sobresalto casi pisé al extraño y desprotegido animal. Como hacía siempre, no paró de reír hasta que la besé. Una cosa estaba clara, ella sonreía después de la reunión. Buena señal.

Por fin, con su guitarra, Estela tuvo la increíble oportunidad de deleitar al denso Parnaso local. Muy apropiado para sus fines. Sus ojos oscuros transmitían intensa felicidad. Tras salir del hospital iba a participar en un concierto en esa tarde primaveral. Todos asistieron, todos en un ambiente de albedrío comunero. El concierto se organizó al aire libre y desde el escenario los espectadores disfrutaban de la comodidad de cientos de mesas en forma de media luna, del aroma exquisito y del tacto sensual de la arena bermeja. Y mimados tiernamente por cientos de moradas cilíndricas leonadas. El acuerdo de aquella maravillosa escena era tan sincero que el cielo y sus nubes se habían mutado en un surrealista friso de figuras de tonos insólitos.

—Ha llegado la hora. Mucha suerte —le deseé en el proscenio.

—Muchas gracias —rio—. Quiero verte durante todo el concierto, si no, las musas me abandonarán y... ¡acabaré representando alguna canción tuya!

—Muy aguda, tendré en cuenta el comentario —dije sonriendo—. No les hagas esperar un minuto más.

Estela enrojeció y empezó a sudar. Otra vez la sensación tan extraña. Vaya momento. Sin embargo, no perdió la consciencia. Estaba aturdida sin decir nada, sin escuchar mis palabras, seguramente luchando contra su particular y mística tortura. De golpe se reincorporó, cogió la guitarra, me dedicó una especie de ademán que no acabé de entender y me susurró:

—Ya distingo...

Luego me dio un beso en la mejilla y salió al escenario. Permanecí en la misma posición, pensando en las últimas palabras de Estela hasta que escuché la primera nota que eligió y dedicó al imperio enemigo, algo que empezábamos a olvidar. Si bemol. Dos minutos después me encontré sentado en una de las mesas, justo delante del escenario. El mundo escuchaba con total dedicación la guitarra de diez cuerdas. Iba acompañada de otros músicos que tocaban otras guitarras con *slide*, trombones, y bajos y mandolinas tocadas con arco. El sonido parecía prorrumpir en cada recoveco de mi ser y de repente comprendí algo.

Y sonaba así:

En realidad, comprendí el universo en su total complejidad. La felicidad era desbordante, el momento inefable. Sin duda, la guerra entre imperios había terminado en ese mismo instante. Ni la madre que se reencuentra con su hijo perdido, ni el aventurero que descubre un nuevo planeta ni el bienaventurado que contempla a Dios ni el beso de un amor platónico, ¡nada podía ser tan dichoso! Tomaba consciencia de que la existencia había llegado a su plenitud, sabía que aquel mundo y todos los mundos habían despertado completamente, ¡habían cobrado vida! O, mejor dicho, nosotros éramos los que habíamos despertado, nosotros disponíamos al fin de la sensibilidad trascendente para el momento también trascendente. Y cada uno de nosotros se sentía involucrado en la naturaleza. La melodía..., al fin Estela podía fundirse en aquella enigmática melodía... El pedúnculo de la existencia. Lo existente era tan feliz, sentía tanto amor que no podía soportar la idea de que esa perfección alcanzada pudiese cesar y por ello prefería dejarse seducir, dejarse llevar, sentirse libre. Luego, toda desmoralizada y perezosa, se negaría a dedicar su tiempo a ser. Magia, felicidad, sensaciones, amor: aquello era el objetivo, la razón de la existencia. Liberado de todo lo opresor, fluyendo la belleza en todas sus formas, sin ninguna inquietud, ni ambición ni objetivo. Y nosotros solamente con aquel sentimiento de plenitud y de saber que nada podía defraudarnos y que cada instante acontecería de la mejor manera imaginable.

Sin embargo, Estela dejó de tocar su instrumento...

Ciertamente, aquel fin podía justificar cualquier medio.

LA TIERRA ES PLANA

David era un niño de cinco años. Igual que Adam. Ambos nacieron en entornos diferentes en la era en la que la inteligencia artificial estaba ya en los hogares.

—Mamá, tengo poderes, mira: «Alexa, enciende las luces». —Y las luces se encendieron.

David estudió Humanidades y Adam se doctoró en Astrofísica. David era profesor en un instituto y Adam trabajaba en la NASA en misiones de exploración espacial, como un venidero viaje al satélite de Júpiter: Europa.

La cuestión es que sus vidas iban a encontrarse.

David estaba lavándose. Cerró los ojos e imaginó que el agua se llevaba toda la energía negativa. Después llevó a cabo todo un ritual de aseo: tres toallas, cremas de algas y aceites, mantras sagrados, orden geométrico en forma de mandalas, incienso de sándalo blanco y rojo, olíbano y mirra. Todo tenía que estar perfecto. Si algún paso no lo estaba volvía a empezar. Ese día no podía fallar nada, pues era el día del Congreso Internacional de Terraplanistas, que se celebraba anualmente. Llevaba meses queriendo asistir. David se consideraba un defensor de la verdad y la investigación desde el librepensamiento. Conocía de forma pormenorizada todos los detalles que demostraban indudablemente que los gobiernos los engañaban con esas fotos del espacio, esos satélites que supuestamente permitían la comunicación «alrededor del globo», esas transmisiones en la Estación Espacial Internacional que teóricamente orbitaba alrededor de la Tierra. «Vaya pantomima», pensaba. Abundaban las pruebas: cables, grabaciones en piscinas, lapsus de supuestos astronautas, testimonios de extrabajadores... Eran tan tristes los intentos de fotografiar la Estación Espacial Internacional desde un telescopio de usuario avanzado, o los intentos de presentarlos como organizaciones sin intereses de lucro y políticos. Estaban tan claramente comprados por las élites. Conocía a unos cuantos en su comunidad.

Para David era absolutamente evidente que todo era un engaño. Sabía cómo no era la Tierra, pero tampoco tenía muy claro cómo sí era, pues no la había visto con sus propios ojos. Pero... pero la manipulación de las élites escondía la verdad sobre la planicie de la Tierra, una de las mayores conspiraciones cuyas consecuencias pocos se atrevían a afrontar, pues suponía un cambio de paradigma en la forma de ver la sociedad y la vida.

«Cobardes», pensaba David.

Con cierto retraso, a pesar de haberse levantado con cinco horas de antelación, David salió de casa. Lo hizo rápido para no encontrarse con su madre. Después de volver a casa un par de veces por si se había olvidado algo, cogió el coche y se dirigió al centro de convenciones de su localidad. Era un espacio imponente, de estructura circular y techos altos, que recordaba a una cámara de deliberación. Su arquitectura era industrial, llena de líneas rectas y metales expuestos, todo en un blanco envejecido. En el centro, un foco de luz descendía desde un enorme tragaluz, como si fuese un ojo vigilante, iluminando el podio central. Las gradas, llenas de figuras en penumbra, se disponían en varios niveles, rodeando el escenario. Era perfecto para que cada rincón del lugar captara cada palabra pronunciada.

Se respiraba un ambiente de júbilo... Por fin David se encontraba con personas que sabían valorarle, que no le discriminaban, que no pensaban que estaba loco. Sentía ese calor humano como un lugar de pertenencia, por fin. Alivio.

Llevaba mucho tiempo esperando otro de estos nutritivos encuentros, cada uno más variopinto. Pocos lugares congregaban una variedad de perfiles como ese. Al poco tiempo, David confraternizó con varias personas, a muchas ya las conocía digitalmente. Pronto tuvieron que entrar en la sala de conferencias, pues la siguiente ponencia ya empezaba. Era la tercera conferencia del día. David se había perdido dos, y ahora el ponente era una de las personas que más admiraba. Era todo un referente que seguía por varios canales independientes. Sus vídeos le habían abierto los ojos. Escuchó cada palabra de su boca, y a cada nueva sentencia se sentía cada vez más comprendido y maravillado.

Y llegó el turno de preguntas.

Una de las preguntas enmudeció y tensó a todos los presentes, para luego iniciarse un burbujeo de irritabilidad, un magma de indignación:

—Gracias por compartir tus conocimientos. Permíteme una pregunta científica: ¿cómo explicas desde el modelo terraplanista que el cielo gire en sentido antihorario en lugares como Barcelona o Nueva York, y en sentido horario en lugares como Buenos Aires o Sídney?

Había preguntado Adam, astrofísico de la NASA.

—Vaya, tenemos a un fascista alborotador entre nosotros, un enviado de la élite para sabotear y controlarnos —golpeó el conferenciante.

—Es solamente una pregunta —respondió Adam con toda la tranquilidad del mundo.

—Si es que está claro que nos tienen miedo porque estamos ganando...

—Es solo una pre...

—Es solamente una pregunta, pero recuerdo cuando en una conferencia de un científico de la élite hice también solo una pregunta y me trataron como una cucaracha. La verdad es que no supieron responderme con pruebas mínimamente elaboradas y que no estuvieran manipuladas. Pero no pasa nada, el bien y la verdad siempre ganan.

El público empezó a abuchear al intruso y el conferenciante continuó hablando, pero elevando y acelerando la voz para que todos le escucharan decir:

—No nos podemos fiar un pelo de alguien así. ¿Cuál es tu nombre?

—Me llamo Adam y antes de nada quiero ser transparente: trabajo en la NASA.

Lo que había sido un abucheo se convirtió en casi un linchamiento. El conferenciante:

—Por favor, dejémosle hablar, démosle una oportunidad. No siempre tenemos la posibilidad de hablar de esta manera con el enemigo, el que siempre rehúye de responder a todo lo que decimos. Aunque nosotros no seríamos bienvenidos en sus despachos y jornadas, tenemos que reconocer que ha sido valiente. Por supuesto, no podemos fiarnos, pero sí hablar con cautela.

—Gracias, yo no me considero vuestro enemigo. Realmente quiero que hablemos en confianza, siendo transparentes, con un poco de buena fe por ambas partes. Yo solamente me limitaré a hablaros desde el respeto y mi forma científica de juzgar la realidad. Podemos pensar diferente y discrepar, pero vengo con la intención de entender vuestro punto de vista y de exponer el mío propio como científico, no como trabajador de la NASA.

Sus palabras fueron recibidas como honestas a la vez que la sospecha impedía confiar plenamente en ellas. Hasta que un nuevo comentario de Adam volvió a decantar la balanza en la absoluta desconfianza:

—Por ejemplo, realmente me gustaría saber lo que pensáis de la pregunta que hice antes.

—¿Que por qué vemos que el cielo gira en direcciones diferentes en Barcelona y en Buenos Aires?

— Sí, es algo que se explica muy fácilmente desde una geometría esférica.

—¿Has oído hablar de la teoría del gran espejismo hemisférico?

—Pues no..., y me extraña no conocer una teoría así. ¿Seguro que es una teoría o es una hipótesis? ¿En qué consiste?

—Es una teoría que propone que la Tierra plana tiene una atmósfera estratificada que causa un efecto de espejismo diferente en cada supuesto hemisferio. En lo que se supone que es el hemisferio norte, las estrellas parecen rotar en sentido antihorario debido a la refracción atmosférica, mientras que en el hemisferio sur rotan en sentido horario por un efecto inverso. Es así como en el ecuador ambos espejismos se superponen, causando una distorsión óptica compleja que sería demasiado complicado comentar ahora. Te recomiendo que lo investigues.

—Pero ¿en qué datos se sustenta tu hipótesis? Me parece una explicación que no tiene ningún sustento. ¿Qué fenómenos físicos implica, qué variables maneja?

—Hay un montón de investigación al respecto.

—No sé si conocéis la lógica que supone la navaja de Ockham.

—Sí, claro. Es tan obvio que la Tierra es plana. Es la respuesta más sencilla y evidente.

—No es una respuesta sencilla. Decir que es plana tiene muchísimas implicaciones problemáticas si se piensa con rigor. La teoría de que la Tierra es plana, la cual no llega a ser una teoría en rigor, requiere de tantísimos añadidos y parches particulares que se convierte en una teoría de la que no se puede deducir casi nada verdadero. Dicho llanamente, nunca mejor dicho, es incompatible con el mundo. Hay que distorsionarlo todo demasiado para que encaje. Hay que ignorar mucho conocimiento, casi por obligación. Es una hipótesis que promueve y genera ignorancia.

—Y, claro, la Tierra esférica no tiene ningún problema, claro que no, campeón.

—No, no es así —dijo con autoridad Adam—. Simplemente, con el modelo de la Tierra esférica, todo encaja de manera precisa y coherente. Y ese *todo* no es un concepto vago; supone una inacabable lista de observaciones y mediciones a muchos niveles. Geólogos, por ejemplo, han documentado la manera en que las placas tectónicas se mueven por la curvatura de la Tierra, lo que explica la formación de montañas y terremotos. Meteorólogos predicen patrones climáticos basados en la rotación del planeta y su forma esférica, lo cual sería imposible si la Tierra fuera plana. Astrónomos aficionados pueden observar con simples telescopios cómo la sombra de la Tierra proyectada en la Luna durante un eclipse siempre es redondeada. Cosmólogos estudian el fondo cósmico de microondas y las leyes que explican la formación de planetas y estrellas bajo modelos esféricos. Incluso la forma en que los físicos entienden la gravedad, una fuerza que atrae hacia el centro de masas, respalda la esfericidad de la Tierra.

»Cada uno de estos elementos respalda el modelo esférico. Por ejemplo, las rutas de los aviones comerciales están diseñadas en función de la esfericidad de la Tierra. Si la Tierra fuera plana, los vuelos de larga distancia tendrían trayectorias completamente diferentes, lo que nunca ocurre.

»Además, este modelo encaja dentro de un titánico corpus de conocimientos científicos, como la ley de la gravitación universal, la física de fluidos y la mecánica celeste, que usamos constantemente para hacer funcionar el propio mundo. Sin este conocimiento, no podríamos lanzar satélites que nos permiten tener GPS, ni diseñar las actuales trayectorias de los vuelos de larga distancia, ni predecir fenómenos climáticos con precisión ni desarrollar sistemas de telecomunicaciones eficientes. El conocimiento no es solo teórico, es útil y poderoso cuando es verdadero.

—Pero, a ver, lo más simple es confiar en tus ojos. ¿Tú ves la curvatura de la Tierra? ¿Ves que el agua se curve? Yo no soy capaz de verlo, disculpa mi ignorancia... Y lo que no veo con mis ojos prefiero no creerlo. Soy un escéptico, dudo de todo. Así es como avanza la verdadera ciencia.

—Pero ¿te haces una idea de lo descomunal que es nuestro planeta para que pudiéramos ver la curva? Me parece bien dudar, pero hay que ser riguroso. Si ya no contemplas las implicaciones del tamaño de nuestro planeta, todo lo que deduzcas a partir de aquí será equivocado. Además, respecto al dudar..., cuando tenemos tan apabullante fuente de evidencia a favor del modelo de Tierra esférico es difícil dudar. Y es que hay cosas de las que no hay que dudar... Y si lo hacemos debemos tener razones extraordinarias para ello. Por ejemplo, podremos cuestionar la forma de entender la gravedad, como pasó con Einstein respecto a Newton, pero primero, esto se hizo de una forma muy rigurosa, y segundo, nadie duda de la existencia de la gravedad, solamente de cómo entenderla.

—La gravedad... —dijo mofándose—. A ver, dime una sola prueba de la existencia de la gravedad.

—¡Buf! Hay tantas... El experimento de Cavendish, no sé si lo conocéis, es muy interesante.

—Claro que lo conocemos. Vaya circo de experimentos.

—¿Circo? Es un experimento replicable que mide la gravedad entre dos masas grandes y dos pequeñas suspendidas de una barra mediante un hilo de torsión. ¿Dónde ves el circo ahí? Es algo muy serio. De hecho, con este experimento, al detectar el pequeño giro de la barra causado por la atracción entre las masas, se puede calcular exactamente la constante gravitacional. Es impresionante.

—Eso no demuestra nada, eso demuestra el magnetismo.

—No... Este método utiliza materiales no magnéticos como el plomo. Además, el entorno controlado evita efectos externos como corrientes de aire y otras fuerzas. La precisión del giro de la barra y su correlación directa con la fórmula de la ley de gravitación universal confirma que el fenómeno observado es debido a la gravedad y no a otras hipótesis alternativas.

—Estoy seguro de que no estás considerando todas estas alternativas.

—Me doy cuenta de que manejáis lenguaje científico solamente en apariencia, pues siento deciros que no veo ciencia en vuestros planteamientos. ¿Algún científico con el que pueda hablar?

144

Silencio.

—Es que lo que dices no explica que la Tierra sea esférica. Yo la veo plana cuando voy a la playa —retomó el conferenciante.

—Eso de que si no lo ves no lo crees... Yo entiendo si sueno condescendiente e irrespetuoso, pero es que pensar de esta manera me recuerda a lo que dicen algunos manuales de psicología. Según estos, este tipo de pensamiento conspirativo puede ser una estrategia primitiva de protección, basada en la desconfianza hacia lo desconocido. En tiempos remotos, la supervivencia dependía de estar alerta frente a posibles amenazas ocultas, y una respuesta defensiva ante lo incierto podía marcar la diferencia entre la vida y la muerte. Así, la mente humana desarrolló patrones de pensamiento que nos llevan a ver peligros donde no los hay.

»Además, hay quienes sostienen que este tipo de razonamiento es característico de etapas tempranas en el desarrollo del pensamiento. Se relaciona con un tipo de pensamiento mágico o infantil, donde se tiende a buscar explicaciones sencillas y a menudo erróneas para fenómenos complejos. Es como si nuestra mente, en lugar de buscar respuestas basadas en hechos y evidencias, recurriera a explicaciones instintivas y emocionales.

—Es muy ofensivo esto que dices... Nos estás llamando infantiles a todos. ¿Cómo te atreves?

La tensión creció exponencialmente, función que matemáticamente solamente una persona en esa sala entendía. Pero Adam siguió hablando digna y respetuosamente:

—Lo siento si os he ofendido. No lo pretendía. Solamente me interesa la verdad, como a vosotros. En ciencia recogemos datos de forma controlada y luego aplicamos la razón y la experimentación con hipótesis. Empecemos con la hipótesis: supongamos que la Tierra tiene un gran tamaño y que queremos apreciar su supuesta curvatura. ¿Cómo podríamos saber si es así? El diámetro de la Tierra es de trece mil kilómetros, por lo que para poder observar la curvatura claramente habría que alcanzar una altitud de unos quince kilómetros. De hecho, hay vuelos que lo permiten ver, aunque las ventanillas imagino que diréis que son las responsables de la curvación aparente.

—Sí, claro que las ventanillas siempre están hechas convenientemente para curvar. Investiga un poco, pero hazlo sin lentes de ojo de pez. Vete lejos de tus círculos, pues están todos manipulados. Toda la sociedad, los medios de comunicación a través del continuo primado negativo.

—Y dale con la manipulación... Disculpad todos, sé que no soy el protagonista y no quiero robaros más tiempo. Espero que encontréis estimulante el debate.

—Debate improvisado al que no te hemos invitado, por cierto.

—Sí, disculpad si me excedo... Es que tengo muchas preguntas y las hago desde la curiosidad. Me gustaría entender mejor esto del «primado negativo». Es un tema que mencionabas en tu presentación. Hasta donde he entendido, estamos en contacto con mucha información que no procesamos conscientemente, pero sí de forma inconsciente, y el primado se sirve de eso para manipularnos.

—Sí, más o menos. Se nota que ya conocéis cómo opera. Efectivamente, a través de publicaciones, películas, humor, etcétera, la élite presenta una versión ridícula de ciertos temas para que la población los descarte sin tomarlos en serio. Estos primados se aplican masivamente en medio de la abrumadora cantidad de información a la que estamos expuestos. Es por eso que el primado negativo está diseñado a propósito: para que la gente no considere seriamente ideas que podrían amenazar el *statu quo*.

—Me pregunto algo: si quienes están en el poder tienen acceso a una cantidad ingente de información: historias, ficciones, cuentos, mitos, películas, memes, bromas..., ¿cómo es que solo manipulan aquellas historias que consideráis ciertas? Si el primado negativo puede hacer que algo parezca ridículo o fantasioso, incluso si es una verdad peligrosa, ¿cómo logran que esto solo ocurra con ciertas ideas y no con todo el capital cultural que se presenta de manera similar?

—¿De la misma manera? —respondió sorprendido.

—Sí, también hay memes, parodias y humor orientados a posturas oficiales. Incluso las teorías disidentes, ya sean ideológicas o hipótesis científicas alternativas, no han evitado que, cuando hay suficiente evidencia, estas acaben imponiéndose a paradigmas en crisis. Creo que subestimáis la espontaneidad de la producción cultural. ¿No podría ser que la imaginación humana generara tal cantidad de ideas y que solo pusierais atención en aquellas que os inco-

146

modan, mientras que el resto simplemente es creatividad pura? Porque, si no, ¿cómo diferenciamos entre una manipulación intencionada de la cultura y lo que es genuinamente producido por la curiosidad, la imaginación, el humor o la ficción?

—¡Ahhhh! ¡Qué ingenuo...! ¿Te crees que somos tontos? Justamente lo hacen de forma que no sea evidente, que sea sutil, pero a nosotros no nos la cuelan. Ya vemos lo que dicen de nosotros. Que la teoría de la Tierra plana es una historia de ignorancia medieval, algo superado, como lo que nos decías, que somos infantiles. Se hacen bromas sobre ello, se cuentan historias como si fuera ficción. Es que el primado negativo es descarado...

—No veo tan claro que una ficción o un chiste generen ese efecto que dices. Julio Verne, Isaac Asimov, los episodios de la serie *Black Mirror*, los monólogos de cientos de humoristas, todos ellos tratan con ficción o con humor lo que ha supuesto inspiración para todo tipo de intelectuales que se toman muy en serio todo ello. ¿Cómo diferenciar una ficción o una broma que genera ese primado del que no...?

David, que llevaba minutos de los nervios, interrumpió explosivamente:

—¡Pero ¿te quieres callar ya?! ¡Estás monopolizando las preguntas! ¡No eres el centro del universo! Deja preguntar a personas que sí sabemos sobre esto. Solamente dices tonterías, no tienes ni idea y no te interesa la verdad. ¿Habéis visto que dice que se llama Adam? Qué casualidad que se llame como el fundador de los *illuminati*. Además, su nombre está relacionado con el número 19, que es un número kármico y es una señal sólida de que Adam tiene un papel relevante dentro de la élite secreta y poderosa.

Todos aplaudieron a David y este se creció y continuó.

—Es que mira que sois tontos los de la NASA. ¿De verdad nos tenemos que creer que la Tierra está girando a miles de kilómetros por hora, y todo el sistema solar por la galaxia a cientos de kilómetros por segundo? —Se levantó, tocándose la nariz con el meñique mientras levantaba una rodilla y, a continuación, apoyó esa misma mano sobre la pierna——. Pues flipa con mi equilibrio mientras hago un triple tirabuzón galáctico.

Risas y risas, aplausos.

«Pocas cosas me parecen menos valiosas que estos aplausos», pensó Adam.

—¿Y tú cómo te llamas? — preguntó.

—David.

Adam se apresuró a hacer cálculos y contraatacar con armas de destrucción masiva.

—Qué casualidad que tu nombre sea el mismo que una de las personas más poderosas en nuestra historia reciente: David Rockefeller. Yo creo que forma parte de la agenda de los que realmente están en el poder que la gente se quede anestesiada con temas tan absurdos como la Tierra plana en vez de que os centréis en aquello que tiene verdadera influencia.

Se hizo un silencio incómodo y Adam continuó en un tono prescriptivo que se percibía como impertinente y pedante:

—¿Os he hecho dudar? ¿Os dais cuenta del sesgo de confirmación en el que incurrís continuamente? Tomáis los datos y las explicaciones adaptándolos de cualquier manera con tal de confirmar vuestras hipótesis. Siempre podréis justificar cualquier cosa. Porque, a ver, David, ¿y si te equivocaras? ¿Y si la Tierra fuera esférica y la NASA no mintiera y os estuvierais equivocando vosotros? ¿Os habéis planteado el escenario de un mundo menos malicioso y orquestado? A vosotros que os gusta cuestionar, ¿por qué cuestionáis tan poco vuestras teorías?

»Solamente buscáis confirmar vuestra mirada y falsear la contraria, pero el espíritu de la investigación rigurosa es buscar la manera de comprobar que la propia teoría es falsa, someterla a todo tipo de pruebas para ver si resiste un durísimo escrutinio. Si queréis hacer verdadera ciencia, tened en cuenta que la crítica es sobre todo con las teorías propias. Sed abiertos, rigurosos y críticos. Ser así es fantástico y es caldo de cultivo de revoluciones geniales en todos los ámbitos, no solamente el científico. Pero mantened esa flexibilidad y el cuestionamiento continuo, no os dogmaticéis con vuestras supuestas evidencias y gastéis tanto tiempo en criticar lo dormidos que estamos los demás, lo borregos que somos. Cuestionad con rigor y cautela la evidencia que presentáis. Buscad una formación sólida que os permita descartar la idea de que algo en movimiento tiene que sentir su movimiento, pues cuando vamos en coche a velocidad constante, sin aceleración o deceleración, no hay percepción de movimiento. Es algo simple, pero no parecía ser un conocimiento presente cuando David hacía su tirabuzón estelar. No tengáis manía al conocimiento, no está manchado ni manipulado, es básico para la ciencia, en todas las culturas, clases sociales, moralidades, inquietudes, etcétera. Puede que no sea siempre emocionante, pero permite entender muchas cosas reales.

Adam estuvo a punto de callar y no continuar, pero un impulso agresivo le llevó a decir:

—Quizá perdáis ese sentimiento privilegiado de tener acceso a un conocimiento especial. Pero eso será solamente un tiempo. Si aprendéis a amar la ciencia, volveréis a sentir estar hermanados por un saber muy especial, divino, diría yo.

David, que estaba a pocos metros de Adam, se lanzó al cuello de este y empezó a estrangularle y golpearle. Otras personas del público intentaron detenerle. Adam acabó desmayado y tuvieron que llevarle al hospital.

Al cabo de unas horas, ya en una habitación del hospital, Adam despertó...

—¿Cómo estás? ¿Cómo se te ocurre meterte en una convención de terraplanistas? ¡Estás loco! ¡Es obvio que te iban a zurrar! —dijo su hermana.

—Para nada, Sara, quien me golpeó fue un caso excepcional. El ambiente, aunque crispado, fue más abierto de lo que imaginaba. Yo me extralimité en muchos sentidos. Fue aterrador lo que dije, como este cuento de ficción, para estas personas.

—¿De qué cuento hablas?

—Nada, nada. Soy de la NASA y decimos cosas raras. Ha sido un día difícil. Solamente pienso en que, en futuro no muy lejano, cuando el viaje espacial normalice presenciar tanta belleza esférica, no habrá terraplanistas.

UN QUINTILLÓN DE INMENSIDADES

Primera noche: te presento al universo

En algún lugar del desierto chileno de Atacama, en una noche que no podía verse más estrellada, se encontraba una mística meditando en silencio. Se llamaba Asara. La más bella de ese desierto volcánico.

Unos pasos lentos fueron acercándose a Asara. Se escuchaba lo que hacía sospechar que la persona venía cargada con algún artilugio mecánico y piezas en alguna maleta. También se escuchaban las ruedas de algún carro de transporte. Hasta que se detuvo. Luego se oyó a alguien montando el artilugio seguido de algún pequeño golpe metálico. Hasta que volvió el silencio.

De repente, Asara, sumida en la quietud de su meditación, fue interrumpida súbitamente por un grito que resonó en la vastedad del desierto, un grito cargado de asombro y maravilla. Era exageradamente genuino. Con una curiosidad rebosante, Asara decidió levantarse y acercarse a esa persona. Algo molesta, pero dispuesta a darse a conocer de una forma suave. Era evidente que aquel extraño no se había percatado de su presencia. A lo lejos pudo comprobar que era la figura de un hombre con un telescopio descomunal. Se preguntó cómo podría haber traído hasta allí semejante herramienta de medición. Asara caminó hacia él con decisión y haciendo especialmente sonoras sus pisadas para evitar asustar a ese alborotador.

A: Hola, buenas noches, señor, mi nombre es Asara —dijo a lo lejos, para resultar lo menos violenta posible.

Afortunadamente, aquel hombre de ojos de gato respondió tranquilamente:

S: Buenas noches, no te había visto, mi nombre es Sagan, encantado de conocerte. ¿Qué estás haciendo en el lugar más árido e inhóspito del planeta?

A: Pues, como tú, estaba observando las estrellas.

S: Ah sí? ¿Con qué telescopio?

A: Con el alma.

S: Con el alma? —preguntó un poco decepcionado—. Soy un hombre de ciencia y reconozco que soy escéptico con estos conceptos. Aunque quién sabe. Hay tanto por descubrir...

A: Si vieras lo que yo he visto con los ojos del espíritu no serías tan escéptico.

S: ¿Y qué has visto con esos ojos?

A: A todas aquellas estrellas tocándome..., todas esas estrellas del universo tocándome con su luz.

Pero Sagan no entendió. Su pasión por la astronomía le cerraba a entender otras miradas.

S: En realidad, para ser precisos, las estrellas que vemos están todas en nuestra galaxia, la Vía Láctea, y a muy pocos años luz de distancia, con excepciones, como otras galaxias. Mira, ahí tienes a Andrómeda. O cúmulos estelares que, aunque están también en nuestra galaxia están a miles de años luz, por ejemplo, el cúmulo globular Omega Centauri, que puedes ver aaaaaallí —dijo mientras sostenía una inacabable *a* y su mano fluctuaba en el cielo, buscando el punto antes de señalar con precisión.

En ese preciso momento, Sagan señaló hacia la constelación Centauro, y ahí se encontraba, a diecisiete mil años luz de distancia, 10 millones de estrellas agrupadas gravitatoriamente a muy poca distancia entre ellas.

Asara sintió un momento de conexión espiritual equiparable al que solía vivir en sus meditaciones.

—Es decir —continuó Sagan apasionadamente al ver que Asara estaba receptiva—, casi todas las estrellas que vemos a ojo, unas mil quinientas en el mejor escenario, como es nuestro caso, son estrellas residentes de nuestra misma galaxia, la Vía Láctea, la cual contiene aproximadamente 200.000 millones de estrellas y tiene un diámetro de ciento cincuenta mil años luz.

Las estrellas brillaban como diamantes esparcidos en un vasto manto negro, y Sagan y Asara, inmersos en la serenidad de la noche, sintieron una profunda conexión tanto entre ellos como con el universo. La experiencia de la ilimitada inmensidad les hacía palpar el infinito y la eternidad. Y ese palpar pasó a ser un palpitar.

Sagan susurró poco a poco, con mucho cuidado de no romper ese momento tan sensible:

—Cuán fascinante es el universo...

—Me sorprende tu pasión por él. Yo creía que solamente las personas místicas nos dejábamos asombrar por ello.

—Pues no...

—¿Y qué tiene el universo que te genera tanta fascinación?

—Pues todo... —continuó Sagan—. No parece que hayamos entendido su naturaleza última y encontrado sus límites. No entendemos del todo su estructura, su tiempo, su forma, su materia prima, su extensión...

En ese rincón apartado del mundo civilizado, pero reinante a su manera, ambos experimentaron una profunda humildad existencial...

Aunque Asara y Sagan pudieran tener cosmovisiones muy diferentes, ante la evidencia del inmenso misterio que lo atravesaba todo, sentían que sus divergencias se diluían como algo sin importancia. La perplejidad se imponía y el saber no era tan importante. Compartían un infinito de ignorancia y solo discrepaban en un delimitado y humano saber.

Asara le pidió:

—Por favor, explícame más sobre el universo. No sé, a ver, ¿qué es lo más importante? ¿Y lo más central? Imagino que no pensarás que es amor, el éter o Dios.

—No..., la verdad que no. Cuando dices lo más importante y central, ¿a qué te refieres? ¿Jerárquicamente hablando?

—Sí, bueno, por ejemplo. Siempre me ha gustado jerarquizarlo todo, ahora que lo dices. Poner arriba lo que está arriba por ser lo más importante, y abajo lo menos. Según lo que tú sabes, ¿cuál sería la estructura jerárquica del cosmos?

—Hasta donde sabemos, en el universo conocido hay una jerarquía de centros gravitatorios según sus masas. Aunque vivimos como si fuéramos el centro estático de referencia de todo el Universo, la realidad es que nos movemos en tirabuzón siguiendo una compleja serie de movimientos giratorios generadores de movimientos orbitales, brazos galácticos y filamentos intergalácticos. Y ello sin que nos percatemos lo más mínimo, por ser un movimiento sin aceleración.

—¿Cómo? No te entiendo. Quiero saber... —dijo pasmadamente Asara—. ¿Cómo es esta jerarquía de centros gravitatorios?

—¡Pues agárrate, que vienen tirabuzones! A nivel más pequeño, sin entrar en la vida en la Tierra, encontramos los satélites, cuerpos que orbitan alrededor de los planetas, como nuestra Luna orbitando alrededor de nuestro amado hogar, nuestra Tierra. Luego, tenemos los planetas, cuerpos más grandes que orbitan alrededor de las estrellas, como la Tierra con el Sol. Así pues, las estrellas, esas esferas gigantes de gas caliente que generan luz y calor a través de la fusión nuclear, están en un nivel jerárquico superior a los planetas. Nuestro Sol sería una de estas estrellas, pero en el vasto universo hay billones de ellas, cada una con sus propios sistemas planetarios.

—Ya me parece abrumador hablar de una estrella... y seguro que no es nada en comparación con lo que me explicarás...

—No no, Asara, ya es mucho hablar sobre ellas..., demasiado... —dijo Sagan como quedándose mudo—. Las estrellas desempeñan un papel fundamental en la formación de una gran variedad de elementos químicos y en la posibilidad de albergar planetas habitables, como el nuestro. Y ello gracias a que nos dotan de su luz y calor, pero también de su protección del agresivo medio interestelar. Es fascinante pensar en estos terrenos soberanos de las estrellas, pensar en el área de acción de sus inmensos campos gravitatorios y magnéticos. En nuestro caso, el sistema solar está envuelto de una membrana de protección magnética llamada helioesfera, pero también, mucho más allá, de una hipotética capa formada por billones de cuerpos rocosos, hielo y polvo cuya masa se estimaría como equivalente a cinco planetas Tierra. Esta membrana exterior, llamada Nube de Oort, definiría la última frontera de nuestro sistema estelar y el inicio en rigor del espacio interestelar.

—¿Y esta frontera está muy lejos?

—Deberíamos viajar a la velocidad de la luz ¡durante un año!, pues está a diez mil veces la distancia Tierra-Sol.

—¿Un año viajando a la velocidad de la luz? Dios mío...

—Sí... y es que se encuentra a una distancia equivalente a solamente un cuarto del trayecto que separa al Sol de su estrella más cercana, Próxima Centauri.

— Alucinante...

—Podríamos decir que hasta esa región se notarían los efectos de la gravedad de nuestro Sol. No obstante, su poder sobre estos cuerpos sería extremadamente débil, haciendo que fueran inestables y muchos salieran o bien disparados hacia el espacio interestelar, como sondas espaciales errantes, o bien como cometas hacia el interior del sistema solar, como el cometa Halley. De hecho, debido a esta fragilidad gravitacional son interesantes los hipotéticos efectos de fuerzas de marea interestelar sobre la forma de la Nube de Oort. De la misma manera en que la masa de la Luna deforma el agua de nuestros mares y océanos, otras estrellas o incluso la Vía Láctea, nuestra galaxia podría deformar la Nube de Oort. Así pues, esta capa exterior sería extremadamente sensible a las perturbaciones gravitatorias de fenómenos interestelares, como, por ejemplo, cuando el sistema solar transita cerca de otras estrellas.

—Perdona... ¿Nuestro sistema solar se mueve cerca de otras estrellas?

—Sí, estamos acostumbrados a pensar en las estrellas como puntos fijos, pero no es más que una percepción incorrecta fruto de nuestra fugacidad.

—Me dejas helada... ¿Y cómo seguiría lo que hablábamos sobre la jerarquía del universo? ¿Qué nivel superaría a las estrellas?

—¡Sí, continuemos con nuestro viaje! Más allá de las estrellas encontraríamos las galaxias. Es decir, las estrellas se agrupan en galaxias, inmensos conjuntos de estrellas, gas, polvo y materia oscura. Nuestra galaxia, la Vía Láctea, es solo una de los aproximadamente dos billones de galaxias que se cree que existen en el universo observable, y no es de las más grandes, a pesar de, como te decía, sus 150.000 años luz de diámetro y 200.000 millones de estrellas. De hecho, se conocen galaxias de millones años luz de diámetro y 100.000.000 millones de estrellas, aunque poderlo asegurar con precisión es complicado.

Asara escuchaba completamente estupefacta.

—Subiendo un nivel más —prosiguió Sagan— las galaxias se organizan en cúmulos y supercúmulos de galaxias. Un ejemplo fascinante es el supercúmulo de Laniakea.

—¡Conozco esa palabra! Laniakea significa «cielo inconmensurable» en hawaiano, mi tierra nativa.

—¿Eres hawaiana? —preguntó Sagan—. Tienes aspecto de chamana nativa.

—Sí... Esta tierra me acogió como nativa hace años. Pero, por favor, continúa...

156

—Pues bien, Laniakea es una colosal agrupación de cien mil galaxias, que se extiende por más de quinientos millones de años luz y abarca nuestra Vía Láctea. Es un gigantesco lago de galaxias, una majestuosa reunión cósmica que incluye nuestra Vía Láctea y muchas otras. Además, hay un misterio en una región de Laniakea: el Gran Atractor. Es una región en el espacio hacia la cual muchas galaxias, incluida la nuestra, parecen moverse a velocidades vertiginosas. Se desconoce la naturaleza exacta de esta enigmática región, pero su atracción gravitatoria es tan fuerte que está alterando el curso de miles de galaxias. Se estima que su masa equivale a diez cuatrillones de veces la masa solar, lo equivalente a decenas de miles de galaxias. Imagina una fuerza tan poderosa que incluso las galaxias enteras se ven atraídas hacia ella.

»Pero sigamos escalando en la jerarquía cósmica, yendo aún más allá de los supercúmulos. Estos se conectan formando filamentos y vacíos cósmicos, creando una estructura similar a una red que se extiende por todo el universo. Si quieres saber más, yo encantado.

Asara enmudeció, por lo que Sagan concluyó inmediatamente:

—Ahora sí que hemos llegado a lo más central y unificador del universo observable.

Asara fue incapaz de formular ninguna pregunta. Toda aquella exposición la dejó catatónica. Permanecieron en profunda meditación durante el resto de la noche. En algún momento, encendieron una hoguera acogedora y montaron un modesto campamento.

Segunda noche: la materia y el vacío

—¡Qué fascinante lo que me contabas ayer! —exclamó Asara, ya recobrada de su mutismo—. Me interesa mucho saber más sobre la última estructura que explicaste, la de los filamentos y vacíos cósmicos. ¿Te importaría explicarme un poco más?

—¡Claro! Estas estructuras se distribuyen de forma uniforme en todas las direcciones. Imagina que pudieras observar el universo entero desde afuera: no verías ninguna forma específica o definida, como un borde o un centro. No existe ni un arriba ni un abajo ni una derecha ni una izquierda, porque el universo es homogéneo, lo mismo en todos lados. Los filamentos de galaxias y los grandes vacíos que hay entre ellos están repartidos de tal manera que no siguen un patrón ordenado. Por ejemplo, si miras en una dirección y luego en la opuesta, verás estructuras similares, distribuidas sin ninguna preferencia. Es como mirar una red infinita donde cada hilo parece estar en cualquier parte, pero todo luce igual desde cualquier punto de vista.

—Pero ¿qué son estos filamentos y vacíos en realidad?

—Los filamentos son como carreteras galácticas que conectan grandes cúmulos de galaxias. Son estructuras alargadas y delgadas que contienen grandes concentraciones de galaxias, materia oscura y gas intergaláctico.

—¿Y los vacíos?

—Son vastas regiones del universo que contienen muy poca materia, es decir, pocas galaxias y muy poca materia oscura. Son las áreas de menor densidad de la red cósmica y representan la mayoría del volumen del universo.

—Qué complicado... Materia oscura, vacío...

—Sí... De hecho, el vacío no está tan vacío, está lleno de energía oscura.

—¿Energía oscura? ¿Es lo mismo que la materia oscura? ¿Y lo del vacío? Sigo sin entenderlo.

Asara estaba visiblemente estresada. Sagan quiso aliviarla:

—Que no cunda el pánico. Este tema es abrumador inevitablemente. Respiremos la presencia del quintillón de inmensidades y misterios que supone. Empecemos por tu pregunta sobre el vacío. Es una pregunta complicada, pero nos responderá también tu pregunta sobre la materia y la energía oscura. Así que respiremos. Conectemos con nuestra curiosidad y nuestras ganas de aprender, con nuestro derecho a no entender. Solamente somos humanos. Lo importante es gozarlo.

—Gracias, Sagan, me he estresado un poco.

—Preguntarse sobre el vacío supone preguntarse sobre fenómenos muy elementales como la materia prima de la cual se componen el universo y el espacio. Pero paso a paso. A ver si podemos entenderlo mejor. Resumiendo, hay tres componentes en el universo: la materia ordinaria, la materia oscura y la energía oscura.

»Primero, es vertiginoso pensar que la materia ordinaria, la llamada bariónica, la que está compuesta de átomos y moléculas, supone solamente el 5 por ciento del compuesto del universo.

—¡¿Solamente un 5 por ciento?!

—Sí... Después encontramos que el 27 por ciento del cosmos está compuesto de materia oscura, una sustancia misteriosa que no emite ni interactúa con la luz, pero cuya presencia se revela por su influencia gravitacional. La materia oscura forma la estructura sobre la cual se organizan las galaxias, los cúmulos y los filamentos, actuando como el andamiaje invisible que sostiene la masa arquitectónica del cosmos.

—¡Guau! ¿Y el 68 por ciento del universo restante? ¿La energía oscura?

—Sí, y aquí es donde entra esa idea de vacío. La energía oscura es una fuerza enigmática que permea todo el espacio vacío y podría ser la responsable de acelerar la expansión del universo.

—¿La expansión del universo?

—Sí, luego te lo explicaré con más detalle, Asara. Por ahora, disfrutemos del camino y las vistas... La energía oscura es como una energía fantasmagórica que empuja las galaxias, separándolas cada vez más rápido. Este componente domina el universo, determinando su destino final.

—¿Destino final? ¡Cuántas cosas enigmáticas!

—Ya hablaremos de eso más tarde. Pero antes, sigamos con la energía oscura un poquito más. Se ha propuesto que esta energía sea la energía del vacío, la energía de los campos cuánticos inherentes a cualquier espacio del universo. Esta energía podría ser parte de la solución al porqué el universo está en constante aceleración en su proceso de expansión...

—¿Campos cuánticos? ¿Energía del vacío? ¿Constante aceleración? ¿Expansión? Tengo muchas preguntas, Sagan...

La conversación era extremadamente abrumadora para Asara. Y para Sagan. A pesar de ello, Asara se entregó a fluir en aquellas explicaciones, sin intentar entender. Solamente dejándose impregnar por el burbujeante sentir de su cuerpo.

—Creo que antes debería acabar de explicarte por qué el universo está estructurado siguiendo una serie de jerarquías —continuó

Sagan—. La pregunta es por qué el universo tiene la distribución tan homogénea que muestran los filamentos y vacíos cósmicos. Es decir, por qué todo el universo es exactamente igual o está tan uniformemente distribuido.

»Para entenderlo, debemos viajar en el tiempo hasta el momento justo antes del Big Bang, cuando el universo tenía el tamaño de un protón.

—Pero ¿hay un antes del Big Bang?

—Sí, aunque hablar de tiempo en esos momentos es problemático. En el momento del Big Bang el universo tenía solamente un nanosegundo de edad, pero ya era tan grande como el sistema solar, demasiado para poder explicar la homogeneidad del universo actual.

—¿Por qué?

—Porque las diferentes partes del universo ya se encontraban tan alejadas y «desconectadas» entre sí que no podían unificarse en un mismo patrón. Por eso es tan importante lo que pasó inmediatamente antes, cuando estaba extremadamente comprimido. En este punto, las condiciones iniciales del universo eran extremadamente homogéneas y densas, con pequeñas fluctuaciones cuánticas. A partir de ahí, ocurrió el Big Bang e inmediatamente después hubo un breve y enigmático periodo de expansión acelerada, conocido como inflación cósmica, el cual amplificó las diminutas fluctuaciones cuánticas primigenias, creando variaciones en la densidad del universo. Es así como lo más diminuto determinó lo cosmológico. Estas variaciones cuánticas permitieron que algunas regiones del universo tuvieran más materia que otras. Con el tiempo, la gravedad amplificó estas diferencias, haciendo que las regiones más densas colapsaran bajo su propia gravedad, mientras que las regiones menos densas se expandían y vaciaban aún más. Así, se formaron las primeras estructuras del universo: cúmulos de gas que eventualmente se convirtieron en estrellas, galaxias y todas las demás estructuras jerárquicas que te decía.

Nuevamente, Asara y Sagan se quedaron en silencio meditativo hasta el día siguiente sin hacer nada más que sentir un intenso vértigo. La rugosidad de la existencia se palpaba en sus almas.

Densa digestión para el espíritu y la mente.

Y así hasta nuevamente aparecer el sol.

Tercera noche: tamaño y edad del universo

Asara, mientras se abrigaba con un poncho de lana de lama de color granate, hizo una nueva petición a Sagan:

—Por favor, cuéntame más sobre nuestro universo. Tengo muchas preguntas. Por ejemplo, ¿cómo de grande es? ¿Qué edad tiene?

—No sabes cuán importante es que hayas hecho estas dos preguntas juntas. Se sabe que el diámetro actual del universo observable es de 93.000 millones de años luz. A la vez, el universo tiene una edad de 13.800 millones de años...

—A la vez, el Universo tiene una edad de 13.800 millones...

—¿Te has percatado, Asara? No todo el mundo se da cuenta...

—Claro que sí... Si, al principio, el universo era tan pequeño como una canica, ¿cómo es posible que después de 13.800 millones de años tenga un tamaño de 93.000 millones de años luz? ¿No implicaría esto que el universo hubiera crecido a más velocidad que la luz?

—¡Exactamente!

—Pero... ¿no era cierto que no hay nada más veloz que la luz? Eso lo sabe todo el mundo.

—Muy bien. La increíble respuesta a este aparente sinsentido es que el Big Bang impulsó la expansión del espacio del universo.

—¿Del espacio? Me dejas helada, Sagan...

—Además, esta expansión del espacio se hace cada vez más rápida a medida que se trata de lugares más lejanos a nosotros, y así sucede respecto a cualquier otro punto del universo, no es que seamos especiales.

—¿Cómo?

—A escalas cósmicas, cuanto más lejos está algo, más rápido se aleja de nosotros. Y ello hasta encontrar casos como GN-z11, la galaxia más antigua y lejana conocida hasta el momento, cuya velocidad de alejamiento, medido por corrimiento al rojo, es muy superior a la velocidad de la luz.

—¿Muy superior? ¿Cuánto más?

—Más del doble de la velocidad de la luz —dijo Sagan, sonriendo de admiración y muy atento a la reacción de Asara.

—Dios mío...

Sagan rio con satisfacción.

—Y eso no es todo... De todo esto se desprende una consecuencia aterradora: la existencia de una frontera entre la región del universo que se aleja de nosotros más rápida que la velocidad de la luz y la más lenta.

—¿Y esto es aterrador?

—Esta frontera es el llamado horizonte de Hubble y está justo a la misma distancia años luz que años tiene el universo, es decir, 13.800 millones años luz de aquí. Esto quiere decir que existe una parte del universo que actualmente se aleja de nosotros a una velocidad tan alta que su luz emitida jamás podrá llegar a nosotros, pues el espacio se expande a más velocidad de lo que la velocidad de la luz podrá recorrer hasta nosotros.

—Pues sí es terrible... Eso significa que... ¿que estamos aislados del universo que hay más allá de esta frontera...?

—Sí, pero 13.800 millones años luz no es precisamente una islita claustrofóbica.

—No..., claro...

—Aunque es cierto que, con el tiempo, Asara, a medida que la expansión del universo continúe acelerándose, este horizonte de Hubble se irá acercando cada vez más a nuestra posición en la Vía Láctea. Por suerte, la energía oscura, la que explica esta aceleración de la expansión del universo, no actúa dentro de los fuertes campos energéticos de las galaxias por lo que solamente afecta a escalas intergalácticas y estructuras superiores. En cualquier caso, para eso falta mucho. Para entonces quizá podamos viajar a velocidades superlumínicas deformando el espacio-tiempo, por lo que no violaríamos el límite de velocidad de la luz. Así que quién sabe, quizá podamos ir más rápido que la expansión del espacio en el universo, incluso en aquellos lugares donde su velocidad se eleve a velocidades que quintupliquen la de la luz.

—Cuánto misterio... —dijo Asara—. Necesito parar por hoy.

Cuarta noche: el tiempo y la luz

Sagan estaba de pie, preparado para otra noche de éxtasis científico, de meditación autoguiada por sus propios conocimientos,

conocimientos que le trascendían. La presencia y la curiosidad de Asara producían en Sagan una fuerte sensación de intimidad mística con el universo.

Sagan empezó la noche diciendo:

—Hay mucho misterio en la astronomía y en la física, en general... Para mí es como algo espiritual... La cosmología teletransporta muy lejos de lo humano. Es decir, la ciencia puede ser muy poco intuitiva, porque en algunas escalas de la existencia la realidad no funciona ni se entiende como dicta nuestra experiencia ordinaria.

—Sí, pero la intuición permite saltos abismales —dijo Asara dignamente—. Yo no la subestimaría ni la recluiría a lo humano.

—Ah, ¿sí? Déjame que te desafíe con algo: el tiempo, ¿cómo lo definirías?

—Sagan, respecto al tiempo, he reflexionado mucho... Como decía san Agustín, sé lo que es el tiempo hasta que me lo preguntan.

—Dudo que esta frase sea viable hoy en día... Yo creo que hoy en día sería: «No sé qué es el tiempo hasta que hablo con un físico relativista».

—¿Tú crees? Es muy pretencioso, quizá... Yo creo que se puede entender gracias al poder de la intuición, la cual puede ser muy poderosa comprendiendo aquello que la razón no puede, aquello que el lenguaje no puede representar. Empecemos dejando clara la definición de tiempo más intuitiva, que es la del tiempo lineal, secuencial y cronológico: Cronos.

Sagan cambio su postura corporal a una especialmente receptiva con la exposición de Asara. Entre ellos dos se respiraba un aire limpio. Ambos querían aspirar el aliento del otro, sin disputa de egos, fusionando sus cosmovisiones.

—¡Sí! —no pudo evitar decir Sagan—, Cronos sería el tiempo medido, el tiempo que podemos contar y registrar, el que se mide en segundos, minutos y horas. Es un tiempo fundamental en física para entender fenómenos en una secuencia temporal determinada. Aunque podríamos pensar en si el paso del tiempo es regular, si es una constante o no, si varía, si es una variable, o si...

Asara interrumpió con pasión y amor:

—Un momento, Sagan, déjame seguir aportando nuevas formas de entender el tiempo.

—¡Claro! Adelante.

—Otra concepción del tiempo muy interesante es la de Aion.

—¿Aion? No lo había escuchado nunca —dijo Sagan.

—Seguro que lo entiendes perfectamente. Aion representa la eternidad o el tiempo infinito. Es más abstracto que Cronos y se asocia con el tiempo sin límites, con el tiempo más allá de la experiencia humana cotidiana. Este tiempo es compatible con la idea de que toda la existencia pasada y futura ya existe de alguna manera.

—Pues casualmente eso es muy exacto en física relativista, aunque matizando que parece que Cronos avanza siempre hacia delante en el contexto de Aion. No puede ser recorrido hacia atrás.

—¿Hacia atrás no?

—No, es como si nos empujara constantemente hacia delante.

—No lo acabo de entender...

—A ver si explicándote lo siguiente se entiende. Pero primero partamos de cero. Olvídate por un momento de lo que te decía y céntrate en lo que te diré a continuación.

—Venga, estoy preparada.

—Piensa detenidamente lo siguiente: cuanto más rápido nos movemos en el espacio, más lento pasa el tiempo para nosotros en comparación con un observador en reposo.

Asara cerró los ojos y se dejó sentir. Trató de visualizarlo imaginando a un astronauta viajando en su cohete a velocidades extremas, manteniendo su edad mientras que en la Tierra todo envejecía mucho más rápido. Una hora para el astronauta suponían semanas para los terrícolas.

—Esto sucede porque el tiempo es otra dimensión en la relatividad especial. La cuestión es que actúa como una dirección y no parece poder recorrerse hacia atrás.

—Creo que lo entiendo, aunque me sorprende esa idea de que el tiempo sea otra dimensión más. Bueno, tampoco me sorprende, pero creo que me falta más explicación para acabar de entenderlo.

—Quizá lo entiendas con un caso extremo y especial: con la luz, lo más veloz en el universo. Y agárrate, Asara, que viene más: cuanto más nos acercamos a la velocidad de la luz, el tiempo empieza a estirarse y a estirarse, como si intentara detenerse, mientras el resto del universo sigue su curso normal.

—¡Guau! ¿Y qué sucedería si alcanzáramos la velocidad de la luz?

—Para objetos con masa, como nosotros en una nave espacial, es imposible alcanzar la velocidad de la luz, ya que requeriría una energía infinita. Sin embargo, si pudiéramos, el tiempo para nosotros se detendría desde la perspectiva de un observador externo.

—¿Y podríamos ir al pasado si superáramos la velocidad de la luz?

—Según la teoría de la relatividad, no es posible..., además, hacerlo implicaría violaciones de causalidad. Por lo tanto, no pienso que podamos utilizar esta idea para hipotetizar una manera de viajar al pasado.

—Es una lástima no poder ir al pasado...

—Algo inventaremos, ya verás.

—Pero... ahora tengo una duda sobre aquella parte del universo que se expande más rápido que la luz. ¿Esa parte está retrocediendo en el tiempo de alguna manera?

—No —le aclaró Sagan—. Estaríamos confundiendo conceptos. La expansión del universo es el espacio que se está estirando a velocidades que pueden superar la velocidad de la luz. Pero esto no significa que esta parte del universo que se aleja tan rápido esté viajando a través del espacio a esa velocidad, ni que el tiempo esté retrocediendo en esas regiones.

—Pero ¿quizá, si logramos modificar el espacio, el cual no está limitado por la velocidad de la luz, podríamos lograr viajar al pasado?

—Me temo que no... Aunque el espacio puede expandirse más rápido que la luz, esto no nos permitiría viajar en el tiempo ni superar localmente la velocidad de la luz. Las leyes de la física que conocemos no nos permiten utilizar esa expansión del espacio para retroceder en el tiempo.

—Vale, imagino que tienes razón... Entonces... ¿Cómo es el tiempo para la luz? No lo he entendido bien...

—¿Para la luz? No creo que podamos hablar de esta manera... A ver, como te decía, sabemos que a medida que un objeto se acerca a la velocidad de la luz, el tiempo propio que experimenta se ralentiza respecto a un observador en reposo. Para un fotón que viaja a la velocidad máxima posible en el universo, el tiempo deja de tener sentido, pues no existe un sistema de referencia en el que dicho fotón esté en reposo, lo que implica que no experimenta el paso del tiempo. Por ello, desde el punto de vista de la luz, no hay distinción temporal entre el momento en que es emitida y el momento en que llega a su destino. Ambos eventos ocurren simultáneamente.

—La verdad es que me cuesta entenderlo...

—Normal... Si consideramos el espacio-tiempo como un tejido continuo, la luz se mueve a lo largo de este tejido sin consumir tiempo en su viaje. Y ello porque el tiempo y el espacio están profundamente interconectados. Einstein propuso que el tiempo es una dimensión tan real como la anchura, la altura y la profundidad, y que todas estas dimensiones están entrelazadas en lo que conocemos como espacio-tiempo. Es por todo ello por lo que se suele decir que, si un objeto se moviera a la velocidad de la luz, el tiempo para ese objeto se detendría completamente, pero se movería por el espacio.

—Pero ¿cómo es posible el movimiento de la luz? ¿Cómo es posible el movimiento de algo que no tiene tiempo? El movimiento siempre ha supuesto introducir el concepto de sucesión de instantes, de tiempos. ¿Cómo definir el movimiento sin tiempo?

—En este caso, el movimiento no depende del tiempo como lo entendemos. Desde nuestro punto de vista, como observadores, podemos medir la velocidad de la luz y ver cómo recorre distancias, pero desde el punto de vista de la luz, su viaje no tiene una duración temporal. En lugar de pensar en la luz como algo que se mueve a través del tiempo, podemos imaginarla como algo que existe a lo largo de una trayectoria en el espacio, sin experimentar el tiempo como lo hacemos nosotros.

—Pero yo, cuando miro las estrellas y al universo, sé que no estoy viendo lo que está pasando en ese momento en esos lugares, sino que cuando miramos lejos en el universo estamos viendo el pasado.

—Sí, exactamente, ¿y?

—Pues que la luz que nos llega de las estrellas y las galaxias lejanas ha tardado millones, incluso miles de millones de años en llegar hasta nosotros. Así que, al mirar lejos, estamos viendo cómo eran esos objetos en un tiempo remoto, no como son ahora.

—Sí.

—Pero ¿eso no es una prueba de que el tiempo sí transcurre para la luz, pues es una luz antigua? Si la luz que vemos ha viajado durante tanto tiempo, parece lógico pensar que, al igual que nosotros envejecemos con el tiempo, la luz también ha debido experimentar el paso del tiempo. Es decir, para que la luz conserve la información sobre eventos tan antiguos y los transmita a través del espacio, parecería necesario que haya un proceso temporal en su viaje. De hecho, es un tiempo del pasado que ha sido transportado hasta el tiempo presente.

—Creo que no has entendido la relación entre espacio y tiempo. Estás hablando de algo que está en un espacio muy lejano cuya luz llega al espacio donde estamos nosotros. La relación temporal entre estos dos espacios no supone que para la luz pase el tiempo. La clave está en distinguir entre el tiempo que medimos nosotros y el tiempo propio de la luz. El tiempo es algo relativo. Desde nuestra perspectiva, la luz tarda tiempo en llegar desde esos objetos distantes hasta nosotros, y por eso vemos eventos que ocurrieron en el pasado. Pero desde la perspectiva de la luz, si pudiéramos atribuirle una, no transcurre tiempo alguno durante su viaje.

—Pero ¿cómo podría, si no, llevarnos imágenes del pasado si no hubiera algún tipo de cronología interna en su trayecto? Esta antigüedad de la luz sugiere que, de alguna manera, ha estado viviendo y experimentando el tiempo durante su largo viaje hasta nosotros.

—¡Todo lo contrario! —chilló Sagan desesperado porque quería hacerse entender con todas sus fuerzas y que Asara disfrutara de la comprensión de todo ello—. Sé que no es intuitivo, Asara, pero es lo que decía: el tiempo es relativo. Para nosotros ha pasado mucho tiempo, pero porque estamos quietos, pero para la luz no pasa el tiempo, por eso captura e inmortaliza lo que toca y lo transporta todo lo lejos que puede —Asara se quedó pensativa y Sagan añadió—: Por eso nos llega todavía el remanente luminoso del inicio del universo o la luz de una estrella que ya no existe. Esa luz que nos llega de un pasado tan remoto es una luz para la cual no ha pasado absolutamente ningún instante desde entonces.

—Me explota la cabeza cuando te escucho, Sagan. Tenías razón con que la intuición no puede funcionar para entender ciertos temas. Ahora tengo muchas preguntas...

—¡Me encanta tu curiosidad! Espero que mis ganas de hablar no te hagan pensar que no me interesa tu perspectiva. Prometo introducirme en profundidad en tus cosmovisiones y prácticas.

—Gracias... Todo esto es asombroso... y muy complicado; angustiante por momentos... ¿De verdad entiendes todo lo que me has explicado?

—Algunas partes, sí, pues están sólidamente asentadas. Otras no tanto, son puntos de vista más hipotéticos, aunque se apoyan en teorías sólidas, así que... no lo sé, sigue habiendo mucho misterio con la luz, por ejemplo. Quizá sea algo que está en todos lados, o quizá todo sea parte de la misma malla que cubre todo el universo, un mismo campo cuántico...

—Para el carro... No me metas cuántica todavía, por favor. Es que me parece incomprensible que cuando vemos la luz de una estrella lejana, estemos viendo cómo era esa estrella en el pasado, a veces millones o incluso miles de millones de años atrás. Que ello suceda porque la luz que nos llega hoy ha estado viajando durante todo ese tiempo, sin que para ella transcurriera ni un segundo. Es como si la luz capturara ese momento en el tiempo y lo llevara consigo, permitiéndonos ver ese pasado lejano.

—Sí, eso es. Te has quedado muy fascinada con todo esto, ¿eh? Pues te explicaré todavía más sobre cómo nos relacionamos con la luz del universo. Hay un fenómeno fascinante que es la existencia de un fondo cósmico de microondas y que es la radiación remanente del Big Bang que todavía nos llega.

—¿Es lo que mencionabas justo hace un momento?

—Sí... Es la luz más antigua que podemos observar en el universo y eso fue hace aproximadamente 380.000 años después del Big Bang, cuando los fotones de luz finalmente pudieron viajar libremente por un universo que empezaba a dejar de ser un hábitat opaco a la luz, y ello porque se estaba enfriando y volviendo menos denso. Antes de ese momento, el universo estaba lleno de plasma caliente y opaco, donde los fotones eran continuamente absorbidos y reemitidos. Pero entonces, cuando los protones y los electrones se combinaron para formar átomos de hidrógeno neutro, el universo se volvió transparente, luminoso. Una nueva era, una nueva etapa que sería el caldo de cultivo para la creación de las masivas estrellas después de una eternidad de oscuridad y quietud.

—¿Y esta luz, la del fondo cósmico de microondas, ha estado viajando desde los primeros momentos del universo?

—A pesar de que han pasado casi 14.000 millones de años, sí, esa luz todavía sigue viajando por el espacio y llega a nosotros desde todas las partes del cielo. Otro aspecto interesante es que este fondo cósmico son microondas. Originalmente, era luz visible o infrarroja; sin embargo, debido a la expansión del universo, fue estirada a longitudes de onda más largas, lo que la convirtió en microondas, un tipo de luz invisible.

—Pero ¿desde dónde nos llega esta luz? Decías de todas partes, pero ¿no tendría que ser desde el centro del universo?

—No... Aunque nosotros lo medimos a una distancia específica, está en todas partes, Asara. Todo el universo parte de un mismo punto y este se ha inflado. Volvemos al tema del espacio. El inicio del universo fue en todas partes, dado que todo viene del mismo lugar comprimido. Por eso el universo es igual mires donde mires. El Big Bang fue una expansión de un diminuto espacio con una energía inconcebible. Por lo tanto, no hay un centro único en el universo desde donde todo se aleje, sino que cada punto del universo se aleja de los demás. Desde cualquier lugar que observemos, parecerá que todo se está alejando de nosotros, como si estuviéramos en el centro. Pero, en realidad, todos los puntos del universo son igualmente el centro porque el espacio se expande uniformemente en todas direcciones.

Y de nuevo ambos permanecieron en profunda meditación.

Quinta noche: lo cíclico

Se alimentaron y bebieron lo justo y necesario para mantener un estado de máxima concentración en el aquí y ahora. Y volvió la noche:

—Antes de seguir —dijo Asara—, y que sepas que estoy disfrutando mucho hablando de todo esto, Sagan, déjame introducir un último concepto de tiempo, importante a mi juicio, y es el de tiempo cíclico y el eterno retorno de lo mismo.

—¿Cómo?

—Es la repetición para siempre de un mismo evento, una actualización constante. Esto, por ejemplo, es lo que da sentido a los calendarios y rituales, donde se veneran los inicios, los finales y las vueltas a empezar... Generan una tupida sensación de vivir en un universo ordenado y controlado.

—Es un tiempo que ordena lo que pasará una y otra vez...

—¡Sí! Es un tiempo muy científico, supongo, ¿no?

—Lo es. La idea de ciclo está profundamente ligada a las leyes naturales, puesto que permite leyes, patrones y comprender por qué todos los años vivimos una serie de estaciones. También permite conceptos tan importantes como el de equilibrio, homeostasis y otros conceptos que nos hablan de sistemas que se autorregulan gracias a complejos sistemas cíclicos, como la regeneración celular, ciclos de ingesta, digestión y eliminación, ritmos circadianos que regulan, por ejemplo, el sueño según los ciclos del día y de la noche, o la regulación climática con sus ciclos de lluvias, sequías...

—Claro, y todo ello partiendo de los ciclos astronómicos primordiales, como la rotación de la Tierra sobre su eje o su traslación alrededor del Sol.

—¡Eso es, Asara! Estos son los ciclos fundamentales, sí, los más básicos en los que se basan todos los demás. La rotación de la Tierra determina el ciclo del día y de la noche, mientras que su traslación define el año y las estaciones. A partir de estos ciclos astronómicos, surgen otros ciclos que regulan la vida y los sistemas en la Tierra.

—Es tan inspirador... La vida es volver siempre a lo mismo. Todo esto es un pensamiento casi axiomático en mis meditaciones. Lo vemos en la historia, lo vemos en las diferentes etapas de crecimiento por las que pasamos todos antes de llegar a la vejez y morir. La vida es un eterno retornar de lo mismo, vida tras vida, generación tras generación, era tras era.

—Imagino que nuestra naturaleza nos hace vivir y experimentar las cosas de formas parecidas, incluso considerando tantos contextos diferentes en la vida humana. Eres una persona interesante, Asara. Parece que eso de identificar lo mismo en todo es algo que te

171

caracteriza. Quizá, además de hablar de esas similares vivencias, podríamos reflexionar en algún momento sobre lo diferente. No tiene que ser ahora. Quiero contraponer tu planteamiento con el hecho de que somos humanidad viviendo una infinitud de circunstancias. Hablamos del ciclo previsible y de lo similar, pero ¿qué pasa con lo que no lo es? ¿Qué pasa con aquello singular, irrepetible y excepcional? ¿Qué ocurre con aquellas circunstancias que se combinan de forma única y que surgen de estos ciclos previsibles? Por eso me pregunto: ¿somos la humanidad viviendo creativamente sus infinitas formas?

—Claro, qué interesante, lo hablamos luego, Sagan. Antes quiero que sigamos hablando de la repetición de lo cíclico, de las experiencias similares entre humanos. De hecho, quiero que hablemos de otros seres que tienen su propio ciclo de existencia.

—Pues encantado, hablémoslo.

—El tema para mí es que nos topamos con la dificultad para empatizar con estos otros seres y sus existencias. Podemos llegar a empatizar con otras personas, incluso con otros primates y mamíferos, pero ¿podemos hacerlo con una molécula o una célula? ¿Es describir el ciclo de vida de una célula suficiente para comprender y empatizar con ella?

—¿Empatizar con una célula? Creo que estás confundiendo dominios, Asara. No podemos empatizar con algo tan diferente a nosotros. Esto era como intentar ponerte en el lugar de un fotón...

—¿Seguro que estoy confundida? No sé...

—Quizá una característica de tu mente sea que puede pensar confusamente. A mí me cuesta..., para bien y para mal, supongo.

—Bueno, déjame explorarlo, Sagan... Sé que tú no valoras tanto mi pensar como yo el tuyo, pero te pido un poco de apertura para entender la realidad también desde lo poético y lo simbólico...

—Vale, lo intento.

—Gracias... Pues lo que decía... ¿Podemos comprender algo que tiene otro tiempo? Me refiero a entender y sentir la cantidad de significados potenciales que pudiera conllevar la existencia de seres muy diferentes a los seres humanos. ¿Es posible entender, desde su propia dimensión y no la nuestra, a estos otros seres y sus relaciones con el entorno, cuando, en realidad, solo son significativas en su escala de tiempo y espacio?

—No sé si te sigo. No creo que una célula tenga un universo significativo propio. Ahora soy yo el que se estresa...

—Vamos poco a poco... Esto es como querer comprender otra cultura desde la observación distante. ¿Se puede? Los antropólogos apuestan también por integrarse y participar desde dentro, dejándose permear por sus mundos simbólicos, rutinas y sueños.

—Me cuesta aceptar esta idea, lo siento, Asara. La vida de un mosquito es de un par de semanas; la de una mariposa, un poco más, pero no mucho más... Creo recordar que la vida de algunas tortugas puede alcanzar los dos siglos, y la de una secuoya puede ser de varios milenios...

—Sí, exacto, a eso me refiero. La cuestión es: ¿puedes empatizar con la forma de concebir la existencia de una secuoya que vive miles de años? Además, no solamente me refería a empatizar con otros seres vivos.

—Es verdad, también hablabas de lo que no es vida, de moléculas y supongo que de cualquier otro fenómeno donde podamos abstraer algo parecido a un ciclo de vida.

—Eso es... Y voy a aprovechar tus conocimientos para preguntarte sobre ello. Háblame de los ciclos de vida de moléculas o partículas, por favor.

—Sí, claro, encantado... —Sagan continuó—: Por ejemplo, el famoso bosón de Higgs apenas dura un instante, un instante cuya duración es imposible concebir..., sería una diez milbillonésima parte de un segundo, una duración tan breve que apenas tiene tiempo de ser antes de desaparecer. Aunque si quieres sobrecogerte del todo, incluso esta minúscula fracción de tiempo es gigantesca en comparación con lo que se conoce como el tiempo de Planck, el intervalo de tiempo más pequeño que tiene sentido en la física. Sería como comparar el parpadeo de un ojo con la vida entera del universo.

—¡Guau! Intuyo que nos estamos yendo por las ramas... ¿El tiempo de Planck pertenece al ciclo de alguna partícula?

—No, la verdad es que no... Pero es fascinante... Es una escala de tiempo fundamental, un límite teórico que nos dice cuál es el intervalo más pequeño en el que podemos hablar de tiempo de manera significativa. Es como si fuera el clic más rápido posible en el reloj del universo.

—Entonces ¿no tiene relación directa con ninguna partícula? —preguntó Asara.

—Eso es. Es una referencia teórica, puramente teórica.

—¿Y cómo se llega a ella?

—Para simplificar, es el tiempo que tarda la luz en recorrer una distancia extremadamente pequeña, conocida como la longitud de Planck.

—¿La longitud de Planck? Qué raro que saques nuevos conceptos que lo complican todo y que me suenan a chino —dijo riendo Asara.

—Siento no ser más claro... Son temas muy complicados, pero también muy importantes... —dijo Sagan sonrojándose.

—No pasa nada, me encanta todo lo que explicas, aunque nos estemos desviando del tema de los ciclos.

—Gracias, Asara... Enseguida volvemos al tema...

—Tranquilo.

—Pues bien, la longitud de Planck es la distancia más pequeña que tiene sentido en la física, una medida increíblemente diminuta, mucho más pequeña que un átomo o incluso que un núcleo atómico. Es tan pequeña que, si compararas la longitud de Planck con el tamaño de un átomo, sería como comparar el tamaño de un átomo con el tamaño del universo entero.

—¿¡Qué!? ¿Y por qué es tan importante? ¿También refleja un límite teórico?

—Sí, es el punto en el que las leyes de la física, tal como las conocemos, podrían dejar de aplicarse. Es la escala en la que los efectos cuánticos y gravitacionales se vuelven tan intensos que el espacio podría no ser continuo, sino que podría tener una estructura como granular. Sería en el espacio lo equiparable a ese clic de tiempo de Planck. Lo más indivisible y pequeño, al menos desde nuestras teorías actuales.

—Entonces ¿no podemos medir nada más pequeño?

—Exactamente. Más allá de esta longitud, nuestras ideas actuales sobre cómo funciona el universo dejan de ser útiles y tener sentido. Es uno de los umbrales de nuestro conocimiento actual.

—¡Fascinante! Pero estábamos hablando de los diferentes ciclos de vida de diferentes seres de nuestro universo. Hablábamos de diferentes tiempos de ciclo vital y me habías hablado del bosón de Higgs.

—Sí, volvamos a ello. Disculpa, Asara. Como bien decías, me he ido por las ramas. Quería hablar de ciclos de vida cortos y me vino a la cabeza lo más micro. Yendo a lo macro, veamos algunos ejemplos. A ver que piense... Por ejemplo, el tiempo del uranio dura miles de millones de años. O el del electrón..., parece que directamente es eterno...

—¿Eterno?

—No se sabe...

—Y lo mismo con el ciclo de nuestro Sol, supongo, ¿no?

—Sí, sabemos que sufrirá diversas transformaciones y que después de convertirse en una estrella gigante roja quedará como enana blanca. Esto sucederá en unos 5.000 millones de años, cuando el Sol haya consumido todo su hidrógeno. Será el final de nuestro sistema solar.

Sagan se apretó la cara con las dos manos, como estresado.

—¡Buf! Espera, Asara. Necesito digerir todo esto antes de continuar.

Sexta y penúltima noche: estrellas y agujeros negros

Pasó la noche. Y el día. Y de nuevo cayó la noche en ese desierto. Durante ese lapso, el tiempo mismo había transcurrido a todas las velocidades posibles. Los estados meditativos de Asara y Sagan fluctuaban, guiados por distintos procesos reflexivos. Un secreto ecosistema de flujos temporales y emocionales había permitido asimilar todo lo hablado, como si corrientes marinas, atmósferas en constante movimiento, placas tectónicas y otras fuerzas invisibles entrelazaran sus ciclos y ritmos, creando un entramado complejo donde el tiempo y las emociones convergían y fluctuaban en armonía.

Asara, junto al nuevo fuego de esa noche, comenzó a hablar nuevamente.

—Como ya te decía ayer, todos los ciclos que decías ayer se parecen mucho a los ciclos de la vida aquí... Es lo mismo, pero en diferentes escalas. Aquí las cosas nacen, se desarrollan hasta culminar, y luego crean y producen nuevas cosas que no había antes. Y después: repetir el ciclo o, aún mejor, hacer emerger nuevas realidades con sus propios ciclos. En este punto, podríamos enriquecer la idea de ciclo que generalmente se percibe como algo cerrado, como idéntico a lo anterior, para transformarla en una espiral.

—¿Una espiral?

—Sí, de esta manera disponemos de la imagen de un ciclo ascendente. Así pues, supongamos un ciclo creativo, un ciclo que incluya cambios e innovación. En ese eterno retornar de lo mismo, vida tras vida, generación tras generación, era tras era, habría una evolución a la vez que la repetición propia de lo cíclico.

—Me encanta, Asara.

—Lo interesante, tal como te decía ayer, es que no deberíamos poder empatizar con otros seres con sus propios ciclos de vida por el abismo existencial que nos separa. Sin embargo, podemos empatizar de alguna manera. Seguramente porque existen una similitud y una identificación universal, una esencia común, entre todos los seres existentes. Y esta similitud es capaz de traspasar cualquier salto de escala de existencia. Por ejemplo: yo siento que somos estrellas, sus homólogos en nuestra escala de existencia. También nacemos por el amor, como la gravedad, también tenemos reacciones termonucleares que sostienen nuestra luz a través de la respiración celular, por ejemplo.

—Pero... —objetó Sagan.

—Espera, ya sé lo que me dirás. Déjame desarrollarlo un poco más... Esta comparación con las estrellas, es una profunda identificación. No somos como estrellas, sino que somos estrellas. Y ello gracias a que veo lo común que tenemos con ellas. Y es algo esencial.

»Tengo que reconocer que esta forma de pensar es algo fundamental en mis meditaciones y en mi estar en el mundo. Me engrandece, me protege, pase lo que pase a mi alrededor. Soy una estrella, algo grande, imponente, nuclear en la existencia.

—Nunca mejor dicho.

—Sí, y ello inspira a mi ego. Ninguna estrella lloraría porque haya trillones de estrellas como ella. De hecho, por cantidad, ser una estrella es más común en el universo que ser un humano.

176

—Por ahora, al menos, sí...

—Pero la estrella es consciente de su grandeza incomparable, una grandeza que nosotros no pondríamos en duda...

—Es muy hermoso lo que cuentas. Nuestra estrella no lloraría por compararse con las más grandes e imponentes.

—O con los agujeros negros, que tengo entendido que son un tipo de estrella muy especial, como superestrellas, ¿verdad?

—No... Los agujeros negros son incomparables con las estrellas, no sé.

—Ah, ¿no?

—Es que por mucho que te hayan dicho que los agujeros negros son como superestrellas..., no es así. Mejor dicho, son la superación de las estrellas, lo que viene después de ellas. En ese sentido sí son superestrellas —y remarco *súper*—. Aunque el Big Bang pudo crear ya algunos agujeros negros, suelen crearse como consecuencia del fin de la vida de las estrellas más grandes, como resultado de las descomunales explosiones que definen el final de las estrellas supermasivas, las gigantes rojas, donde se da un colapso gravitacional que ni los neutrones pueden sostener. Ahora que lo pienso, también pueden formarse cuando estrellas de neutrones se fusionan. Lo importante aquí es que son monstruos del universo, pilares maestros del universo, inimaginables concentraciones de masa en espacios minúsculos. Actúan como pilares gravitacionales del cosmos, puntos centrales que con su masa ejercen una influencia enorme en el tejido del espacio-tiempo, organizando a su alrededor el comportamiento de galaxias y cúmulos. Para hacernos una idea de su densidad, si nuestro planeta fuera un agujero negro no ocuparía más espacio que un cacahuete.

—¿Perdón?

—Sí, ¡un cacahuete que pesaría como la Tierra! El poder gravitacional de estos fenómenos es tal que si algo se le acercara lo suficiente no podría dar marcha atrás. Sería imposible de contrarrestar. Ni la luz se escapa una vez que ha pasado su línea de no retorno. Hasta el tiempo es retenido. De hecho, si vivieras lo suficientemente cerca de un agujero negro, tu tiempo se estiraría de tal forma que dos horas para ti podrían equivaler a varios años en la Tierra. O si pudiéramos acercarnos mucho, quizá obtendríamos la vida eterna, al menos para los que lo observaran desde lejos. Quién sabe. El tiempo dentro de un agujero negro es un misterio. Aunque sobre todo lo son el espacio y la materia. Mejor dicho, la relación entre la misteriosa naturaleza cuántica y la gravitacional. Necesitamos un Joseph Cooper para aclarar estos asuntos.

—Buena película la de *Interestellar*—dijo Asara riendo—. El otro día hablábamos de que el tiempo se detiene a la velocidad de la luz. ¿Qué pasa con los agujeros negros? Decías que el tiempo se detiene.

—Sí, para un observador en reposo.

—Pero ¿solamente se detiene? Pero ¿qué hay dentro de un agujero negro? Es decir, si un agujero negro es como una superestrella, ¿no debería contener algo que superara los límites de la luz, del espacio y del tiempo?

—No sé si te entiendo o te sabré responder. La masa de los agujeros negros deforma el espacio y el tiempo de formas que desconocemos. Parece que todo se derrumba dentro de estas monstruosidades. Son pozos sin fondo para nuestro entender. Y ello por su mayor misterio: la singularidad. Es todo un enigma. En este punto la densidad es infinita y las leyes de la física tal como las conocemos dejan de aplicarse de manera normal. El espacio está tan extremadamente curvado que todos los caminos en el espacio se doblan hacia este punto. Es decir, todas las direcciones en el espacio llevan a la singularidad, no hay manera de evitarla. Las nociones de distancia y de dirección dejan de tener sentido. El espacio, tal como lo entendemos, colapsa en este punto.

—Y el tiempo igual, ¿no?

—Sí... La noción de tiempo lineal se rompe. El tiempo colapsa también.

—Así que poco me puedes decir sobre lo que te preguntaba...

—No podemos entenderlo con los datos actuales...

Permanecieron en silencio durante horas, hasta que el sonido del amanecer comenzó a intuirse. Los colores del cielo se transformaron en tonos suaves de púrpura, rosa y naranja, mientras el Sol todavía permanecía oculto.

Sagan siguió hablando completamente fascinado:

—Y no hemos hablado de los tamaños de los agujeros negros, todavía... Semejantes tamaños y densidades harían palidecer cualquier dios humano de piel morena.

178

Ambos se rieron, antes de que Sagan continuara:

—Existen agujeros negros llamados supermasivos. El más conocido es el llamado Sagitario A*, el agujero negro que hay en el centro de la Vía Láctea, con una masa equivalente a 4,3 millones de soles. Aunque el más grande que se conoce tiene una masa de 66.000 millones de masas solares y un tamaño mucho mayor que nuestro sistema solar.

—Mi asombro me rapta por completo —dijo Asara, con una mano cuidando su pecho—. Siento como un abismo... Creo que me voy a retractar de lo que decía. Sería recomendable para el ego de las estrellas no compararse con los agujeros negros.

Sonaron sus risas.

Guardaron silencio mientras contemplaban el horizonte, sintiendo la tierra firme bajo sus pies y palpándose el pecho, sosteniendo y tranquilizando sus almas.

Amanecer: somos un fractal del universo

Los primeros destellos del amanecer rompieron la oscuridad de la noche. El clima era seco y fresco. La luz empezó a teñir el paisaje, los contornos se definían y ese mundo desértico despertaba en silencio, sumido en la calma previa al amanecer. Sagan retomó la conversación:

—Estoy pensando en la inmensidad de lo pequeño. No solo me asombra la vastedad de lo macro, con la cantidad, la masa y el tamaño de planetas, estrellas, agujeros negros, galaxias, cúmulos y filamentos... También está la inmensidad en lo micro, en la cantidad de átomos, moléculas, células...

—Sí, Sagan, llevamos un universo entero dentro de nosotros.

— No quería decir eso...

—Es que para mí es el mismo universo, solo que en otra escala. No puedo evitar ver la misma esencia entre la estructura del organismo humano y la estructura del universo. Cada vez lo veo más claro: somos un fractal del cosmos, somos algo que se repite a diferentes escalas, un patrón infinito. Reproducimos dentro de nosotros la estructura de lo exterior. La realidad se conecta secretamente a través de un isomorfismo.

De repente, aunque apenas se veían estrellas, ambos intuyeron la presencia del universo interconectado y estructurado. Asara se detuvo a contemplarlo antes de hablar:

—Para mí, todo esto que vemos, todo el universo, parece el tejido de algo mayor. Probablemente, más universo, o quizá un multiverso, donde nuestro universo no sea más que una célula.

—Sí... En cualquier caso, estamos frente a un misterio por desvelar, uno que seguiremos desnudando durante millones de años. Un universo con un infinito siempre que ofrecernos, le quitemos lo que le quitemos, descubramos lo que descubramos, da igual lo que atrapemos conceptualmente.

—Me gusta esa idea de que no importa cuánto saquemos de ese misterio, siempre quedará un infinito por descubrir.

—Es que, ¡qué misterio y qué fascinante que el ser humano sea capaz de reflexionar sobre esto! —exclamó Sagan, profundamente agradecido por poder participar en el milagro de la vida.

—No estoy segura, Sagan. No creo que seamos tan especiales. Todo es lo mismo en esencia.

—No te entiendo, Asara. Para mí, somos tan excepcionales..., algo verdaderamente singular.

—Yo lo veo de manera diferente. Para mí, todo es la repetición de lo mismo. Ya sabes... Creo que detrás de esas nebulosas del cosmos hay grandes seres que nos ven como células. Y, a la vez, creo que nosotros somos las nebulosas de nuestras células, un bello y enigmático espectáculo divino. Todo esto está entrelazado en un entramado toroidal, una espiral que se pliega sobre sí misma, una escalera de niveles de existencia que se repite una y otra vez, evolucionando y ascendiendo en expansión y creación.

—Muy poético...

—Piénsalo, Sagan. ¿Y si al ver fenómenos cósmicos como estas nebulosas, lo que tenemos ante nosotros fuera una escena familiar de dioses de dimensiones estelares que viven en una escala de tiempo de millones de años y no de simples años? ¿Y si sus simples parpadeos fueran el nacimiento y la extinción de la humanidad? No porque su pestañear cause nada directamente...

—Sí, lo entiendo...

—Así como yo, como ser humano, no puedo procesar la inmensidad del universo y estoy limitada por mi propia naturaleza, ¿no será que nuestras células viven con la misma resignación ante la realidad que las trasciende, que somos nosotros? Pienso que somos como meros átomos o células, atrapados en un universo multidimensional que percibimos como unidimensional. No alcanzamos a imaginar lo que realmente podría ser el verdadero universo. ¿Quién sabe si a esa consciencia cósmica la acompañarían otras muchas más consciencias cósmicas en sus propios territorios cósmicos, siendo ellas mismas devotas de otros seres cósmicos superiores? ¿Quién sabe si no importa ir a lo más macro o a lo más micro para comprender? En un universo multidimensional que percibimos como unitario sobre una rueda que gira eternamente sin moverse. ¿Quién sabe si Heráclito se equivocaba y siempre nos bañaremos en el mismo río? ¿Quién sabe si lo macro y lo micro son, en realidad, idénticos simbólica y estructuralmente? ¿Quién sabe si somos dioses sobre dioses, todos iguales, todos eternos?

Ambos se quedaron pensativos unos minutos, hasta que Asara continuó:

—Si todo en el universo es lo mismo en esencia, todo tendría un valor unificado, y dejarían de tener sentido las comparaciones y los anhelos por algo distinto. Aunque el Sol no sea el centro del universo más que cualquier otra estrella de las casi infinitas que existen, los humanos lo situamos en nuestro centro. Para nosotros, el Sol es casi divino, es fácil otorgarle ese valor sagrado. Pero su grandeza proviene de algo mucho más profundo y ajeno a nuestra devoción interesada. Como te decía ayer antes de hablar de agujeros negros, nuestra estrella no se lamenta por ser solo un grano de arena en el cosmos, sino que celebra su existencia, reina sobre su sistema gravitatorio, con su inmensa y compleja estructura. Este es su mundo, la dimensión que da sentido a su existencia. Y tiene una gloria y una grandeza innegables. Ojalá nosotros, los humanos, pudiéramos reconocer nuestra propia dignidad y la de los demás con la misma presencia.

—Me gusta lo que dices...

—Qué difícil es reconocer la grandeza de cada componente del universo. Ver cada ser de cada jerarquía como un eslabón en una realidad cíclica, circular, toroidal, ascendente, en desarrollo espiral hacia adelante. Cada ser participaría en la misma escala de realidad existencial, más allá del tamaño y su jerarquía. El tamaño, en realidad, no importa cuando se consideran los saltos entre niveles de existencia.

»No somos inferiores ni superiores a ningún otro ser, solo somos nosotros mismos. Somos la justa medida de lo humano, aquello que nos permite realizarnos. No importa si miramos hacia arriba o hacia abajo; la jerarquía de la existencia es una ilusión, una trama de fractales que parecía prometer algo más allá de nuestra simple existencia. Pero no.

Asara se fue a pasear de inmediato. Estaba ardiendo de pasión. El aire del desierto se iba templando, en parte por el fuego de Asara. Después de unos minutos, regresó para preguntar:

—¿Tú cómo lo ves?

—Honestamente, yo no creo que sea como dices, es decir, que la realidad tenga esa estructura circular o toroidal, donde lo mismo se repite a diferentes escalas de existencia. La organización de la materia en escalas macro no es equivalente a las complejidades de los seres vivos inteligentes como nosotros, al menos no en la forma en que entendemos la vida. Dentro de nuestra estructura, por supuesto, pueden repetirse dinámicas y patrones generales del universo, pero solamente como componentes simples, no como estructura general. En cambio, la distribución de la materia que observamos a nivel macro responde a una estructura muy diferente, mucho más simple, al menos aparentemente.

—Esto es lo que me contaste sobre la organización del universo nuestra primera noche, ¿verdad?

—Sí, exactamente. Las condiciones homogéneas que configuraron el inicio del universo, así como la estructura general del universo consecuente, da pie a la idea del fractal, aunque esa homogeneidad inicial no sugiere una organización compleja como la de un ser vivo, sino un aparente desorden que sigue leyes físicas subyacentes y que permitió la formación de estructuras posteriores. El fundamento del nacimiento del universo tiene más que ver con disponer una gran cantidad de piezas inicialmente desordenadas, pero bajo las reglas precisas de las leyes físicas, y que luego darían lugar a un cosmos lleno de complejidades. Por lo tanto, no considero que se puedan identificar como equivalentes estructuras tan diferentes como una estrella y un ser humano o una célula.

—Seguramente tengas razón... Quizá sí son esencialmente lo mismo, pero suponen un nuevo estado de evolución, por eso la espiral. Es todo tan maravilloso que no sé qué pensar ... Siento que al mirar al universo veo mis neuronas y que somos un fractal del universo. Es que no puedo evitarlo. Por un lado, tenemos todo lo que has explicado sobre la gravedad y la misteriosa materia oscura que mantiene una red de filamentos de tamaños de miles de millones de años luz formados por miles de millones de galaxias. Pero, por otro lado, tenemos el cuerpo, los nervios, las neuronas...

—Sí, el sistema nervioso del ser humano es algo abismal... Sus millones de millones de neuronas y otras células. Dudo mucho de la equivalencia de las neuronas con el universo..., aunque es cierto que si comparamos neuronas y una red de galaxias podríamos reconocer cierta similitud a nivel de autoorganización y dinámica de redes.

—Es que somos un reflejo del universo, otro espejo más, no somos nada especiales... Todo es lo mismo.

Ascenso: somos especiales y el destino del universo

Sagan reflexionó de espaldas al sol saliente, que le masajeaba cálidamente.

—Insistes con pensarnos como algo abundante y nada especial. Permíteme atender a una propiedad diferencial que tenemos los seres humanos respecto a aquellos otros fenómenos, aquellos otros seres existenciales, como dices. Hablo de su complejidad. Pensemos por un momento como humanos ante la complejidad del cuerpo del ser humano.

—Muy bien, ningún problema. Estoy abierta — respondió ella.

—La organización de nuestro cuerpo es absolutamente abrumadora... La rica diversidad que nos compone. Por el contrario, una estrella, aunque es enorme, no tiene la misma complejidad. Por eso prefiero ser un humano que el Sol.

—Seguramente, el Sol prefiere ser una estrella que un ser un humano.

—No creo que el Sol tenga preferencias... Es que es justamente eso. Una estrella y un humano no son lo mismo en este aspecto y en muchos otros. Tampoco insinuaría que esto nos hace superiores, pues las estrellas tienen un papel existencial fundamental. Les debemos nuestra existencia. Pero en cierta manera somos un paso más en la evolución del universo.

—Me gustaría entender mejor esto... —interrumpió Asara—. ¿Es quizá lo que decía de la espiral? Somos algo más evolucionado, aunque yo defendería que esencialmente lo mismo.

—Lo de la espiral, sí, supongo... El ser humano es resultado de la evolución del universo, ciertamente. Somos seguramente la estructura existencial más refinada y específica en el espacio-tiempo. Estamos hechos de las piezas y de los ladrillos previamente forjados en estrellas y otros procesos cósmicos. De hecho, estamos hechos prácticamente de todos los elementos de la tabla periódica, además, en una proporción también variada. Por lo tanto, no creo que mis células o átomos sean una versión humana en miniatura, ni el Sol una versión macro.

Aunque Asara discrepaba fundamentalmente, escuchaba con apertura, interés y dudas. Sagan continuó:

—Nuestra complejidad es asombrosa, especial... Estamos hechos al menos de trescientos tipos de células, miles de tipos de moléculas. Tipos, digo, no cantidad. En cuanto a la cantidad bien podemos estar hechos aproximadamente de dos quintillones de átomos.

—Eso quizá tú. Yo creo que peso un quintillón menos que tú.

Rieron a carcajadas. Luego Sagan continuó:

—Como ecologista, quiero destacar que no somos seres aislados, sino que dependemos completamente de nuestro entorno natural para alimentarnos, respirar y vivir. Existe una increíble diversidad de organismos con los que nuestro cuerpo cohabita íntimamente: bacterias, virus, protozoos, arqueas... Dentro del cuerpo humano se estima que hay aproximadamente 100 billones de bacterias, pertenecientes a alrededor de 1.000 especies diferentes. También hay entre 100 y 1.000 billones de virus, la mayoría bacteriófagos que infectan bacterias. En el tracto gastrointestinal, se encuentran entre 1.000 y 10.000 protozoos, distribuidos en unas 20 especies. Además, hay entre 10 y 100 millones de arqueas, representadas por unas 10 especies.

»El ser humano no puede entenderse sin esta increíble diversidad con la que vivimos en simbiosis. Y me pregunto: ¿dónde acaba nuestro ser en realidad? ¿Dónde termina nuestro ADN exclusivo? ¿Existe un yo sin lo que no soy yo? ¿De verdad?

—Es maravilloso saber que nuestra esencia coexiste de manera necesaria con esa impresionante complejidad e interdependencia con el entorno. De todos modos, inspirándome en esta maravillosa forma de pensar, creo que podría haber una réplica a esta superioridad del ser humano en términos de excepcionalidad y complejidad.

—¿Sí? ¿Y cuál sería la réplica?

—Podríamos entender una estrella, como el Sol, no solo como el astro en sí mismo, sino como todo su sistema, incluyendo los planetas. Si tomamos esa totalidad para definir una estrella, entonces sí podríamos superar estos números, porque estaríamos incluyendo la biosfera terrestre, que es mucho más compleja que un solo ser humano. De hecho, lógicamente, incluiríamos también a la humanidad.

—No me parece descabellado. De hecho, creo que es muy razonable y podría aceptarlo, aunque matizaría que eso se aplica a nuestra estrella, el Sol, la que podría aceptarse que es más compleja que los humanos. Sin embargo, la mayoría de las estrellas probablemente no albergan la complejidad de una civilización inteligente ni una biosfera circundante.

—Pues es verdad...

—Seguramente... Así pues, el ser humano sí que es algo muy especial. Es un «milagro» en una existencia con tendencia a la entropía, donde el desorden parece ser el único destino final de todo —Sagan se quedó pensativo consigo mismo y murmuró en voz alta—: Bueno, no, me equivoco, no es un milagro a pesar de la entropía, sino gracias a ella.

—¿Cómo? —preguntó Asara, esperando que Sagan lo explicara de manera sencilla para alguien sin formación científica.

—Querida Asara, al hablar del «milagro» del ser humano, introducimos otro tema fundamental: el caos y el orden. El caos es condición de posibilidad de la emergencia de estructuras complejas a partir de leyes básicas. Y al mismo tiempo, el orden genera caos.

»Examinemos estos dos fenómenos empezando por lo segundo que decía: el orden genera caos. Los sistemas organizados, como el cuerpo de cualquier animal, al mantener su estructura y funcionamiento, consumen energía y recursos. Este proceso genera desechos y calor, lo que incrementa la entropía en su entorno. Así, el orden interno de un sistema, como la vida, pero también en el caso de las sociedades, se sostiene a costa de aumentar el desorden en el universo circundante.

—¿Y de qué depende la generación de más o menos desorden o entropía? ¿De la complejidad del sistema o de su tamaño? Dejando de lado la réplica que te hacía, el Sol produciría más entropía que la humanidad, ¿verdad?

—¡Qué preguntas más interesantes, Asara! A medida que un sistema se vuelve más complejo y aumenta de tamaño, necesita más energía para mantener su estructura y su funcionamiento. Sin embargo, aunque un ser humano es mucho menos masivo que el Sol, es un sistema mucho más complejo que genera proporcionalmente mucha más entropía. Un ser humano requiere una constante entrada de energía en forma de alimentos y, debido a sus procesos biológicos y sociales, libera una gran cantidad de entropía. El Sol, a pesar de su enorme masa, es menos complejo en términos de organización interna, por lo que proporcionalmente genera mucha menos entropía.

—Entonces ¿el ser humano genera más entropía o no?

—No... solamente de forma proporcional, lo cual no le quita el significado profundo que sugerías. Es innegable que nuestra estrella genera mucha más entropía, ya que irradia enormes cantidades de energía al convertir masivamente hidrógeno en helio. Me gustaría aclarar, Asara, que la entropía no solo se relaciona con el desorden o la dispersión de energía, sino también con la información. En física, la información es un concepto fundamental que describe la forma en que se organizan y codifican las partículas y la energía en el universo. Y aquí podríamos volver a la complejidad y a las diferencias respecto a las estrellas. El ser humano es capaz de caotizar todo tipo de complejidades, de desintegrar todo tipo de órdenes. Es una de sus especialidades en cuanto ser creativo y constructor de órdenes. De hecho, la capacidad humana para generar entropía está intrínsecamente ligada a la manera en que manipulamos la información y la organizamos en sistemas complejos, como la tecnología y las sociedades. En cambio, el Sol no tiene esa complejidad en su forma de destruir. Su radiación y sus fulguraciones no hacen distinciones. Irradia lo mismo a todas partes, impactando de forma indiscriminada en todo aquello que se cruza. Esto significa que, aunque el Sol genera más entropía en total, lo hace de manera uniforme y menos selectiva, sin la capacidad de alterar de manera específica y dirigida la información de su entorno como hacen los humanos. De hecho, algún día nos engullirá, pero como una globalidad, como una parte más del sistema solar.

—¡Vale, entendido! Creo... El orden genera caos, eso lo entiendo. ¿Y lo otro que mencionabas? ¿Que el caos permite la emergencia de órdenes complejas a partir de principios fundamentales? ¿Qué significa eso?

—Sí, eso es lo segundo que entender sobre nuestra relación con la entropía: el caos permite la emergencia del orden. El orden es consecuencia del caos, mientras que lo primero era que el caos es la consecuencia del orden. La entropía es lo que permite que surja la vida autoorganizada, adaptativa, reproductiva y evolutiva. Piensa en cómo las estrellas nacen del colapso gravitacional de nubes de gas y polvo, un proceso caótico que, sin embargo, produce estructuras de una belleza y una complejidad asombrosas. O en cómo la vida en la Tierra surgió de un caldo primordial aparentemente caótico, pero que, gracias a las leyes de la química y la física, fue capaz de organizarse en moléculas autorreplicantes que, eventualmente, dieron lugar a organismos cada vez más complejos. Así pues, el caos no es el enemigo del orden, sino su compañero inseparable, su condición de posibilidad y, a la vez, su consecuencia inevitable.

—Todo esto me parece muy interesante, Sagan. Muchas gracias por compartir tu conocimiento.

—Pero ¿no te he convencido de lo excepcionales que somos?

—¿Se me nota que iba a replicarte? —dijo Asara con una sonrisa—. No estoy segura de que todo esto demuestre que somos tan especiales. ¿Y si, como humanidad, fuéramos algo infinitamente abundante?

—¿De qué manera podría ser eso...?

—Déjame plantearte lo siguiente, Sagan: aunque solo existiera una civilización inteligente avanzada como la nuestra en todo nuestro universo, una sola humanidad por universo, imagina que nuestro universo fuera uno más entre un infinito de multiversos, y que cada uno de ellos contuviera, al menos, una humanidad. En ese caso, seguiríamos siendo infinitamente abundantes, aunque cada humanidad se hallara a quintillones de años luz la una de la otra, a una distancia inimaginable, o incluso más allá, a una eternidad luz.

—Sí, es una hipótesis interesante... Seríamos un infinito menos abundante que el de las infinitas estrellas que supongo que también contendrían otros universos. En cualquier caso, con este planteamiento se podría trascender la escala universal, relativizar su totalidad. Pero no sé, lo que haces es conectar lo que conocemos con un infinito que desconocemos, y eso relativiza nuestro conocimiento actual. Supongo que igualmente es legítimo que lo plantees...

Ambos callaron pensativamente. El aire empezaba a hornear. Quedaron en silencio hasta que Asara dijo:

—Estaba pensando en lo que decías del orden y del caos. Quizá ese sea el destino del universo: un equilibrio entre lo organizado y la entropía, como un yin y yang cósmico.

—Pues Asara, siento decirte que el final del universo no parece muy prometedor para la vida. Parece que no habrá empate, sino goleada por parte del caos.

—¿Cómo? Entonces ¿estamos condenados a desaparecer en un mar de caos?

—Sí. Por lo que sabemos, a medida que la energía oscura expande todo el universo con una fuerza constante e implacable, las galaxias se separan unas de otras a una velocidad creciente. Con el tiempo, a no ser que se active algún proceso físico desconocido que detenga o invierta esta expansión, los cúmulos de galaxias se disolverán lentamente, dejando cada galaxia aislada en la inmensidad del espacio. Con el paso de miles de millones de años, incluso las estrellas dentro de las galaxias se consumirán, agotando su combustible nuclear y quedando como enanas blancas, estrellas de neutrones y agujeros negros. La luz de las estrellas se desvanecerá, incluso aunque puedan formarse nuevas estrellas. Cada vez serán menos estrellas, pues la cantidad de gas libre disponible para formar nuevas disminuirá. Las galaxias más viejas ya habrán usado gran parte de su gas en generaciones anteriores de estrellas. Así que el universo se sumergirá en una oscuridad cada vez más profunda, incluso los átomos comenzarán a desintegrarse en partículas subatómicas hasta que completen su ciclo vital sin que puedan replicarse por la muerte del entorno, de sus hornos, fuentes de energía y movimiento. Los agujeros negros, las últimas balizas de gravedad en el universo, también se evaporarán lentamente a través de la radiación de Hawking, dejando tras de sí un vacío absoluto, una sopa cuántica indiferenciada.

—Aterrador... Y qué bien que por fin me explicas lo del destino del universo... ¿Cuánto tiempo pasará hasta que esto ocurra?

—Quizá un quintillón de quintillones de quintillones de quintillones de años.

Se quedaron ambos mirándose a los ojos..., perplejos. Sagan continuó sin saber cómo:

—En ese futuro distante, el universo se convertirá en un vasto y frío desierto de partículas dispersas, expandiéndose para siempre en una oscuridad eterna y solitaria. La energía oscura, invisible y omnipresente, habrá llevado al cosmos a su destino final: una expansión interminable, un vacío eterno, el «gran frío». O es lo que creemos. Yo creo que es probable que no sea así..., es una pregunta demasiado ambiciosa como para responderla con nuestro conocimiento.

—O tal vez, en ese futuro lejano, cuando el orden se haya disipado casi por completo, la conciencia humana, o lo que sea que evolucione a partir de ella, encontrará nuevas formas de crear orden en medio del caos. Después de todo, si el caos nos hizo emerger a nosotros, ¿qué nos impide pensar que dará lugar a algo aún más extraordinario?

»Algunos filósofos exploran la posibilidad de que del orden complejísimo y unificado del universo pudiera emerger una consciencia cósmica, una especie de Dios, quién sabe si con un cuerpo tan articulable como el nuestro, que nosotros no lograríamos concebir y, por lo tanto, percibir e identificar. Quizá este ser podría hacer algo ante ese destino fatal.

—Quizá... Ya sabes lo que pienso. Aunque sí creo plausible que del ser humano emergerá algo superior, seguramente algo hecho de silicio y bits cuánticos...

Culminación: el fuego, el árbol y la serpiente

El silencio se impuso. El desierto, ya abrasador, no intimidaba a Sagan y a Asara, quienes se resguardaban del implacable astro rey bajo sombreros y vestimenta especializada. A pesar del calor seco, estaban radiantes de felicidad. Sagan susurró dulcemente:

—Quisiera retomar el tema de relacionar realidades por analogía. Quiero entender mejor cómo lo comprendes.

—Claro, este tema me encanta.

—Aunque me parece muy interesante todo lo que comentas, no creo que la escala de existencia de un átomo sea análoga a la del ser humano, o la estructura de un sistema estelar. Como te decía, son niveles de organización diferentes, con sus propias leyes, con sus propias propiedades. Complejidades diferentes, realidades diferentes. Yo concebiría la realidad más como un holón.

—¿Un holón?

—Sí, una entidad que, mirando hacia abajo, es una totalidad y mirando hacia arriba es solo una parte. Nuestras células, al mirar hacia arriba, son una parte de los organismos que conforman. Estas mismas células, al mirar hacia abajo, son una totalidad respecto al núcleo, la membrana, el retículo endoplasmático, mitocondrias, el aparato de Golgi y otras partes que la conforman.

—Pero ese núcleo celular sería análogo al núcleo de la Tierra o del Sol. La analogía volvería a estar ahí.

—No, yo pienso que no. El pensamiento analógico, o mágico, o simbólico, no sé cómo te gusta llamarlo..., puede ser útil para procesos creativos y exploratorios, pero no sé si ofrece una descripción precisa y certera del mundo.

—En rigor, son pensamientos diferentes. El simbólico usa imágenes o conceptos para representar ideas más complejas; el analógico establece relaciones entre cosas diferentes mediante comparaciones; y el mágico, en cambio, implica una interpretación más intuitiva y misteriosa de la realidad, como si las conexiones entre sucesos inconexos para la ciencia sí fueran causales. De todos modos, podemos hablar de pensamiento simbólico y usarlo de forma indistinta al analógico y mágico. Pensar simbólicamente es pensar realidades que trascienden lo medible y lo observable. Es un pensamiento que permite un acceso a la dimensión cualitativa y experiencial de la existencia, donde la intuición y la metáfora abren puertas a comprensiones más profundas, paradójicas y unitarias.

—Dicho así... —dijo Sagan un poco resignado y escéptico.

—El pensamiento simbólico es una forma de entender y relacionarse con la realidad que parece tener mucha historia desde el punto de vista de la evolución de la humanidad. Nuestro inconsciente supone procesos que funcionan con este tipo de razonamientos y me atrevería a decir que el universo también está codificado simbólicamente, razón por la que es tan útil pensar como un poeta místico.

—Pero ¿qué entiendes por símbolo? Si el universo tuviera un código, serían las matemáticas. El símbolo es algo tan subjetivo...

—¿Y las matemáticas no son subjetivas? Un símbolo es un superconcepto que es capaz de representar complejas y dispersas realidades; de hecho, las estructuras más generales y complejas. Conceptos como unidad, polaridad o multiplicidad serían ejemplos.

—Pero mencionas conceptos matemáticos, no entiendo la diferencia.

—Las matemáticas son tan racionales y a la vez están tan desconectadas de la realidad...

Se mascaba la tensión entre Asara y Sagan. Subrepticiamente, el tono había escalado en hostilidad y ninguno se percataba de ello.

—Y el pensamiento simbólico también, ¿no?

—No, todo lo contrario, lo integra todo, incluso esa dualidad llamada sujeto-objeto.

—A ver, Asara, no lo entiendo... Las matemáticas son el verdadero código y la verdadera ingeniería de tus amados dioses. La realidad es elementalmente pura matemática, esferas perfectas y armonía entre las partes. Las matemáticas contienen tanta belleza... que se manifiesta en la música, la apariencia de nuestro cuerpo, la voluptuosidad de la danza, la visión de una puesta de sol. De hecho, nos desagradan la destrucción, el caos, el desorden..., justo por lo que creo que trae el símbolo..., por su culpa. Las matemáticas son tan exquisitas porque no dependen del marco tácito de la existencia. No necesitan de la manifestación. Es un ámbito apriorístico, un lugar donde operar con infinitos, la ingeniería de los dioses, insisto.

—No es así, Sagan, piensas de forma dual. El símbolo integra la belleza del orden y la del caos..., la forma y la materia. Yo veo a los que usan las matemáticas como obsesionados por la precisión y la perfección, lo cual está bien para muchas cosas, pero...

—Sí, está bastante bien para muchas cosas —interrumpió Sagan—. Las agradecerás como paciente en un hospital al calcular la dosis de tu medicación o como tripulante en un avión a la hora de aterrizar. Agradecerás que tantas personas se tomen en serio priorizar absolutamente esta precisión.

—Sí..., no lo niego. No obstante, en esa precisión se pierde una necesaria tolerancia a la incertidumbre... Como el genio loco matemático que se obsesiona con hallar la resolución de un intrincando teorema y acaba enloqueciendo. Nuestro ego se sacia de cantidades, pero estas cantidades pueden sintetizarse hasta convertirse en unidades, en símbolos en último término.

Asara cerró los ojos intentando calmarse y conectar con su profundo entender. Y así continuó hablando:

—Obsesionarse con las matemáticas es estar sediento de perfección e idealismo, y es este impulsivo cálculo constante en el mundo de las ideas el que convierte la certidumbre, la realidad y lo finito en una constante preocupación.

—Espera... Primero, las matemáticas también pueden ser abismales, pues se puede operar con infinitos. Tú misma antes mencionabas, en referencia al multiverso, un infinito de humanidades que serían un conjunto menor que el conjunto de infinitos soles... ¿Lo ves? Las matemáticas son un territorio divino que incluye también la irracionalidad, como aquellos números que no pueden expresarse con una fracción exacta, como pi o la raíz cuadrada de dos. Es que no tienen nada que envidiar a lo espiritual, pues tratan grandes misterios y paradojas existenciales, como el problema de los tres cuerpos o las paradojas de Zenón.

—Pero...

—Espera, no he acabado. Segundo, las matemáticas no son usadas solamente de forma pura. Como decía al hablar del avión, su uso se aplica a la tecnología y a la experiencia gobernada por la materia en general. Es por ello por lo que lo matemático, en su sentido puramente formal, se aplica a lo empírico y material.

—Pero la materia corrompe la pureza matemática.

—Es una forma de verlo. Es cierto que la complejidad y el movimiento de la materia introducen deformaciones en el espacio-tiempo, crean la multiplicidad, la variabilidad, la complejidad que hace del círculo perfecto una singular elipse rugosa e irregular. Aquí la matemática evoluciona o se convierte en ciencia, pues depende de los datos observados. Así pues, se combina con la experiencia, con explorar, con razonamientos inductivos, con mediciones de la realidad, con control de los sesgos y de los errores propios de los sujetos. Lo propio de la ciencia, vaya.

—No sé... —dudó Asara—. Quizá los números y los símbolos no sean tan diferentes. Quizá sean ambos capaces de describir la realidad y de integrar lo disperso. Al pensar simbólicamente, cada pensamiento puede contener la riqueza de mil colecciones de mil tomos. Una imagen vale más que mil palabras, dicen, y un símbolo vale más que mil imágenes, digo. El símbolo sería la máxima integración. A diferencia de los números, su estructura va más allá de lo puramente formal, porque abarca un mundo sustancial más profundo. Y, aun así, comparte con los números la misma capacidad de adaptación y abstracción.

—¿Qué quieres decir con que abarca un mundo sustancial más profundo, Asara?

—El símbolo permite algo muy poderoso, tanto como los números permiten construir puentes. Permite alimentar y guiar el espíritu que construye los puentes en nombre de un significado más profundo.

—Me pierdo un poco con todo esto. ¿Podemos ir poco a poco? Me cuesta la parte de relacionar cosas que no tienen relación. Me gustaría que ahondaras en ello.

—Sí, claro. Puedes equiparar objetos por sus formas, por ejemplo, como encontramos en la estructura cristalina del agua o en los panales de abejas. En ambos casos encontramos hexágonos. El pensamiento analógico y mágico permite establecer relaciones entre dichos objetos e interactuar con la realidad mediante conjuros y ritos. De esta manera, se invocan verdaderas realidades.

—Espera, Asara... Con lo de la magia y los conjuros no vamos a entendernos... Para mí es tan evidente que esto no es así...

—Intenta abrirte...

—Pero ¿qué implica aquella estructura hexagonal común? Además, sigues hablando de matemáticas al mencionar el hexágono, de geometría, concretamente.

—No hablo de matemáticas solamente. ¿La ciencia y las matemáticas relacionan esos objetos por sus características en común? ¿Las formas geométricas no suponen una característica fundamental?

—No, porque no es solo la forma lo que define dichos entes... Se tienen en cuenta muchas otras características.

—¿Seguro?

—Bueno..., es cierto que ciertas configuraciones moleculares o atómicas ofrecen ventajas estructurales específicas. Por ejemplo, el helio posee una configuración electrónica que tiene una estructura esférica y completa. Es extremadamente estable porque su configuración no requiere de ningún electrón adicional, lo que le impide reaccionar fácilmente.

—¡Eso es! Entiendo que se puede considerar como un círculo perfecto y, por lo tanto, asociarlo al número 1. ¿Ves que podemos hablar de números, pero de una forma simbólica?

—Interesante. Y sí, supongo que puedo aceptar lo del círculo y la unidad.

—Y dime, por favor, ¿cuál podría ser un caso muy diferente, Sagan?

—Te refieres a otro ejemplo de configuración molecular, ¿verdad?

—Sí.

—Pues un caso opuesto es el oxígeno molecular, que, aunque presenta una disposición lineal...

—Lo podríamos asociar con el número 2...

—Sí, podríamos. Esta disposición lineal es altamente reactiva, siempre en busca de formar enlaces adicionales para alcanzar una mayor estabilidad. O el cloruro de sodio, que adopta una estructura cúbica, por lo cual imagino que podemos relacionarlo con el número 4, y es muy estable. Y en contraste con esta estabilidad estaría el amoniaco, cuya estructura piramidal triangular, relacionada con el número 3, es más dinámica y menos estable.

—¡Cuántos ejemplos fascinantes!

—Sí. O el caso del carbono, en su forma de grafito, el cual adopta una estructura plana y hexagonal, lo que lo hace más inestable y fácil de romper. Sin embargo, en su forma de diamante, la cual depende de la presión y de la temperatura a las que se somete, el carbono se organiza en tetraedros, relacionados con el número 4, lo que le confiere una estabilidad máxima, igual que pasaba con el cloruro de sodio.

—Inspiradoras conexiones. Y no me extraña nada. Esto se aplica a todos los niveles. En las organizaciones humanas, una estructura piramidal tiene un vértice superior, el líder o la cúpula directiva, que coordina y controla las decisiones, mientras que la base más amplia sostiene a la organización a través de sus miembros. La jerarquía facilita la gestión y la eficiencia en la toma de decisiones, pero también implica una distribución de poder que puede crear tensiones si la base se siente desconectada del vértice.

—Sí, es igual que en la molécula de amoniaco —dijo Sagan. La falta de simetría puede generar polaridad o tensiones dentro de la estructura social. Por otro lado, estoy pensando que una estructura hexagonal en una organización social podría ser similar a una red descentralizada donde cada nodo, cada persona u organización, tiene múltiples conexiones, como en un panal de abejas... Esta configuración permite estabilidad y flexibilidad al mismo tiempo. Es una estructura que agiliza la comunicación horizontal y la cooperación entre iguales, pero también la adaptación a cambios, debido a la movilidad de las capas o conexiones. Y lo mismo en el grafito. Te decía que los átomos de carbono están organizados en capas de estructuras hexagonales. Esta disposición lo hace fuerte en el plano de las capas, pero las capas pueden deslizarse fácilmente unas sobre otras, lo que le confiere propiedades lubricantes y una buena conductividad eléctrica dentro del plano.

—Te he convencido un poco —rieron de júbilo y Asara continuó—: Es que estas conexiones están en todo. La repetición de patrones es una fuerza fundamental que atraviesa tanto lo natural como lo cultural. Un ejemplo claro es la música, en la cual la recurrencia de acordes mayores o menores establece un ritmo que genera armonía y estabilidad sonora, un marco melódico donde acontece un continuo fluir de la belleza y la emoción.

—Sí, o en el latido del corazón, cuyo ritmo constante no solo sostiene la vida, sino que también simboliza la cadencia ininterrumpida que estructura nuestra existencia diaria.

—Exactamente, Sagan. O como el segundero de nuestro reloj o del calendario... Esta repetición de ciclos establece una continuidad temporal que organiza nuestras vidas, permitiéndonos planificar, recordar y anticipar. También los rituales refuerzan la cohesión social y cultural, asegurando que los valores y las tradiciones se transmitan como un latido de la humanidad de generación en generación.

—Sí, parece innegable, aunque todo esto es muy abstracto.

—Pues ahí está la riqueza de los símbolos... Estos tienen una función existencial que es extremadamente transversal. Y no solamente hablo de geometría, sino de símbolos como el fuego, la serpiente, el sol, el árbol, el agua, el ojo, etcétera.

—Pero eso no son símbolos... Todo puede describirse de una forma científica.

—No... No hablo de fuego literalmente como fenómeno físico. Los objetos que describirías científicamente son solamente su manifestación más evidente, pero el símbolo es una metáfora con una naturaleza estructural real que va más allá. Como conocimiento contiene una ilimitada sabiduría concentrada... Podría decirse que es la única manera de hacer conscientes algunas verdades muy profundas, de poder contener dentro de nosotros de una forma consciente aquello que es casi infinito, de aprehender realidades tan inmensas, cósmicas, en nuestras ínfimas mentes.

—¿Por ejemplo? —preguntó Sagan.

—Por ejemplo, el fuego es un símbolo poderosísimo que encontramos en todas las culturas y que tiene implicaciones tanto a nivel micro como macro.

—Imagino lo que quieres decir. Si lo pensamos a nivel biológico, el fuego es análogo al proceso de metabolismo en nuestras células, ¿verdad?

—Eso es.

—Voy entendiendo, Asara... En ambos casos, de manera muy abstracta, estamos hablando de transformación de energía. El metabolismo, al igual que el fuego, consume combustible, nutrientes, y lo convierte en la energía que nuestras células necesitan para funcionar. Y a un nivel más grande, a nivel astronómico, el fuego se reflejaría en el corazón de las estrellas, donde ocurre la fusión nuclear.

—Sí, es como decías. El Sol supone una reacción que genera cantidades enormes de energía, manteniendo la estrella encendida y, por ende, sosteniendo la vida en los planetas que orbitan a su alrededor, como el nuestro.

—Sí, aunque técnicamente el Sol no es fuego, ya que su energía proviene de la fusión nuclear y no de una combustión.

—No importa, al menos desde un punto de vista simbólico. No volvamos a la misma discusión y sigamos explorando el símbolo del fuego.

—Vale —concedió Sagan.

—Por ejemplo, culturalmente, el fuego siempre ha sido un símbolo de purificación y transformación. Pensemos en los rituales donde se quema algo para simbolizar un nuevo comienzo o una limpieza. Así que, en el fondo, el concepto abstracto del fuego es el de transformación y energía, algo que se aplica tanto a nuestras células como al cosmos y a nuestras tradiciones.

—Entonces —exteriorizó Sagan para intentar comprenderlo—, los símbolos son superconceptos que nos sirven para dar cuenta de ciertas realidades, experiencias o formas de comprender el mundo. Creo que entiendo lo que reflexionas y me parece muy interesante.

—Sí, exactamente, ¡muy bien!

—Y con el árbol, ¿cómo sería?

—El árbol es obviamente un símbolo de vida y conexión que aparece en mitologías y religiones de todo el mundo. Te paso la pelota de nuevo. ¿Cómo sería biológicamente?

—Pues es una figura central en los ecosistemas. Sus raíces se hunden profundamente en la tierra para absorber agua y nutrientes, mientras que sus ramas se extienden hacia el cielo, creando un ciclo constante de intercambio entre el suelo y la atmósfera.

—¿Y qué más?

—¿Te parece poco? —preguntó Sagan riendo—. A nivel geológico, los árboles juegan un papel crucial en la formación del suelo y en el ciclo del agua, estabilizando el terreno y manteniendo el equilibrio climático. Si pensamos en cómo contribuyen a la geología del planeta, podemos verlos casi como los pilares que sostienen los ecosistemas terrestres.

—Eso es. Culturalmente, el árbol simboliza la conexión entre el cielo y la tierra, representa la interconexión de todos los seres vivos y lo divino. En su núcleo, el concepto abstracto del árbol es el de conexión y crecimiento, principios fundamentales que vemos reflejados en la biología y la espiritualidad. Así pues, los símbolos presuponen un universo fusionado con nuestro inconsciente. No se conciben como algo inerte, externo o artificial. El propio lenguaje simbólico es unificador de la multiplicidad. De hecho, una de las propiedades de los símbolos es que pueden luego manifestarse de muchas maneras.

—Comprensible si se construyen a base de agrupar cosas diferentes a partir de características muy generales. Me parece estimulante, la verdad, aunque suponga una forma de pensar tan diferente como de costumbre. ¿Y con la serpiente cómo sería? —preguntó Sagan con la curiosidad de un niño que se emociona al comprender las reglas de un nuevo juego.

—La serpiente es otro símbolo fascinante cargado de significados en diferentes niveles y se relaciona con la transformación. Tu turno de nuevo. ¿Cómo es desde la biología?

—Me das pocos elementos y me pasas el testigo muy rápidamente, Asara. Ya te vale —dijo Sagan con un aire de burla amistosa—. Biológicamente, la serpiente es conocida por su capacidad de mudar de piel, lo que la convierte en un símbolo de renovación y cambio, cierto. Cada vez que una serpiente cambia de piel es como si renaciera, algo que podemos relacionar sin forzar con la capacidad de regeneración en la naturaleza.

—¿Y geológicamente?

—Ahora no encuentro nada con qué compararla... Imagino que podemos encontrar un simbolismo similar en las fuerzas tectónicas que, al igual que la serpiente, se desplazan lentamente bajo la superficie de la Tierra, generando cambios profundos a lo largo del tiempo. Los movimientos de las placas tectónicas, aunque invisibles en su mayoría, son responsables de la creación de montañas, terremotos, y de la renovación de la superficie terrestre. No sé, esta analogía me convence menos y la veo más forzada.

—¡No no, es perfecta! Justamente este proceso continuo de creación y destrucción geológica es análogo al ciclo de regeneración que la serpiente representa. Culturalmente, la serpiente es vista en muchas tradiciones como un símbolo de sabiduría y conocimiento, pero también de peligro y tentación. En las mitologías de diversas culturas, la serpiente es a menudo guardiana de secretos o está asociada con la vida y la muerte, como el uróboro, la serpiente que se muerde la cola, representando el ciclo infinito de la existencia.

»Como puedes comprobar, Sagan, en el núcleo de todos estos ejemplos, el concepto abstracto es que la serpiente simboliza la renovación y el ciclo eterno de la vida. Ya sea en la biología, la geología o la cultura, la serpiente encarna la idea de que todo lo que nace debe transformarse y renacer, en un ciclo perpetuo que es esencial para la continuidad y la evolución en todos los niveles del universo. Quizá la naturaleza transversal de estos símbolos no sea tan clara y precisa como con la geometría, pero actúa con la misma relevancia y realidad.

—Entiendo... Entonces, tú defenderías que el símbolo tiene una realidad inherente, algo ajeno a la forma de construir conceptos del ser humano.

—Los humanos los construimos así, pero no significa que no tengan su existencia de por sí. Entiendo que lo atribuyas a algo subjetivo, pero pienso que el universo tiene una naturaleza donde la dualidad sujeto objeto no se aplicaría en su más profunda ontología. Pensar simbólicamente es conectar intuitivamente con lo que se esconde realmente detrás de cualquier simple trozo de la realidad de la que somos conscientes. De ahí el poder del símbolo para crear y ser realidad.

Y, así, se quedaron en silencio, meditando todo el día hasta que se hizo de noche. Al anochecer, Asara inició los preparativos para realizar un ritual de cierre de conexión con el universo, invitando a Sagan a participar, quien aceptó con total entrega. En el centro de un círculo de piedras que Asara había recolectado durante numerosos paseos meditativos, ambos se sentaron frente a frente. Asara encendió un pequeño fuego, cuyas llamas tímidas comenzaron a bailar suavemente con la brisa nocturna. En ese espacio sagrado, rodeados por la inmensidad del silencio, recitaron juntos una oración, agradeciendo a la vida haberse encontrado y haber compartido tan excelsa experiencia en un lugar tan especial.

DELICIOSOS MANJARES

Me senté a su lado y, sin mirarla, sentía que era una mujer muy atractiva. Llevaba una falda de no sé qué estampado y sus piernas relucían carnosas y sudorosas por el calor. Podrían cantarse versos de tan voluptuoso momento. Me giré y la vi mirando no sé qué, con una sonrisa de divertimiento. Era la misma chica que había visto en el congreso de tantra y sexología, justo después de mi conferencia. Lo confieso, había puesto todo mi ser en no separarme de Laura. No era un accidente que me sentara ahí. Habíamos estado hablando un rato..., ella se interesó por mi trabajo. Íbamos en la misma dirección —sincronicidades— después de hablar y enamorarme de su sonrisa y todo lo que había detrás. Ese cuerpo... Sentía un amor poderoso y animal, junto a un océano de fuego, de fusión sin límites. Era un kamikaze emocional y sexual. Todo mi ser ansiaba intimidad, era un apego ambicioso, entregado en extremo, un *all in*, valiente. Confiado. No fluir así con Laura era imposible.

Estar sentados tan juntos, rozándonos, sintiendo nuestros cuerpos, suponía algo nuevo, suponía la presencia protagonista de esa dimensión más física. Aunque ya sabía quién era Laura, ahora era mi cuerpo el que acechaba muy de cerca. Por primera vez. Podía sentirla dentro. Estaba excitada. No había dejado de intuirlo, pero ahora era muy evidente. Lo olía. Quería olerla más de cerca.

Para empezar.

Yo llevaba unos tejanos y una camiseta blanca. Sudaba como un vaquero tras un día entero en el rancho. A pesar del congreso, todavía sentía mi cuerpo fuerte y relajado, fruto de mi rutina constante de gimnasio y piscina.

Le susurré:

—Estás para comerte.

Me escuchó perfectamente.

No me había mirado a los ojos todavía.

Yo quería entrar en esa mirada, quería mirarla para empezar a hacerle el amor. Sin su mirada no era capaz de empezar. Sonreí para que me mirara. Muy relajado y tenso. Estaba excitado, pero me sentía blando, vulnerable por mi entrega. Estaba en pleno arrebato místico y erotomaniaco. Tenía total certeza de una sensación poderosa dentro de mí. Sentía que yo era puro deseo para ella y que íbamos a intimar de una forma muy placentera y morbosa los dos. Era lo que iba a fluir. Todo era receptividad y empatía hacia Laura, pero también conquista y fogosidad. Palpitábamos en una dialéctica dual. Dualidad que se multiplicaba y elevaba a infinitas potencias. La vergüenza se diluía con facilidad a cada instante, también todas las prohibiciones. No había código moral entre nosotros más allá del respeto a los propios límites y valores. La honradez, la confianza y la admiración parecían bien establecidas. Por lo demás, éramos libres.

Era muy sencillo de entender. Sentía todo su cuerpo. Todo. También el mío. Todo. Ambos estábamos fusionándonos inexorablemente. No solamente su costado derecho rozando y calentando mi costado izquierdo. El hedor de la pasión era asfixiante. Hacía mucho calor. Era verano. Sentía todo su cuerpo y sentía toda su excitación. Estaba muy libidinosa, pero tenía mucho miedo a toda esa intensidad. Una parte de ella luchaba por resistirse a dejarse llevar, por evitar ese tsunami con patas que crecía dentro de ella.

Yo también tenía miedo al sentir todo aquello. Podía ser mi actitud algo contrafóbica ante aquello que me daba miedo y, que, a la vez, respetaba y veneraba. Para mí Laura suponía algo aterrador: la posibilidad de perder el paraíso. Laura era una diosa, una manifestación de algo sagrado para mí, por aquellas vivencias y sensaciones, por todo, literalmente.

Pasaban los segundos y qué bien se sentían. Lentamente, suavecito..., como un baile latino. Segundo a segundo. Estábamos ya fusionados, fusionados hasta la eternidad. O hasta una reacción nuclear, la de una supernova.

Pregunté:

—¿Y qué? ¿Te gusto un poco?

Asintió sonriendo, relajándose también a cada momento. Ambos descansábamos en un deshacernos cremosamente. Mi deseo era una locomotora, era un horno de fábrica, un puto reactor nuclear. Mi deseo me haría saltar de un tren en marcha, me haría saltar al vacío. La agresividad más fuerte imaginable hizo acto de presencia, dispuesta a luchar contra dragones, contra la bruja maléfica y su puta madre.

Posé mi mano izquierda lentamente en su pierna derecha. Desde ese ángulo nadie nos veía. Ella estaba junto a la ventana y yo en el pasillo del autobús. Atrás no había nadie. Respiramos juntos ese aire asfixiante, varias veces, cada vez más acelerados. La tocaba, la masajeaba suavemente con deseo, hasta que reclamé su atención:

—Mírame, anda.

Y me miró por fin. Vaya mirada... Había mucho poder ahí. También miedo, pero, sobre todo, había alguien fulgurante y penetrante, activa y pasivamente. Conectamos a otro nivel.

—Soy solamente una persona —le dije mientras miraba todo su cuerpo— que te quiere comer, cenar y desayunar. Que quiere saciarse de besarte y tocarte, sin importarle la digestión, sin importarle si tienes alma de mantis religiosa. Hemos venido a este mundo a vivir y a morir. Y punto.

Nos quedamos mirando. Ella sonrió y yo no. Mi alegría estaba imbricada de otras muchas emociones. Degustaba ese momento de tantas notas y colores, tantos sabores y cosquillas. Verla era impactante y su sonrisa acabó haciéndome sonreír. Apareció en mí una pulsión —todavía más fuerte— por fundirme en y con ella, un ansia de apego, pero del bueno, creo, del que no se anda con hostias.

Todavía en el autobús. Yemas y caricias. Manos impulsivas, divertidas, juguetonas... Hombros y brazos desnudos, piel con piel, sudorosos.

Ya en casa los primeros besos fueron un éxtasis de amor y placer. Alientos respirados, afresados labios. Húmedas y afresadas bocas. Esfínteres, coxis y anos bombeando muscularmente el chakra raíz y todo un inconcebible despliegue de procesos fisiológicos. El corazón a hiperespacio por hora. Fuegos artificiales en ese cielo de hormonas que diluviaban. La vida brotaba de todas partes. Mi cuerpo estaba invocando al mismísimo diablo, en nombre del amor celestial. Literalmente estaba preseminal. Como ella con lo suyo.

Pasaron doce horas. Se dieron sucesos que nunca serán descritos. Estos no tendrán jamás testimonio de su magia. Y no pasa nada. No hay cosa más alejada del amor más fusional que las palabras que dividen. Lo importante es que lo que fue sucediera. Por estas cosas vivimos. Si tuviera que resumirse lo vivido, se diría que fue un delicado y delicioso tesoro que no estaba hecho de metales preciosos, sino de algo frágil y vulnerable, algo morboso y divertido, algo cuyo simbolismo solamente sabría oler un alquimista. Feromonas lubri-

cando, solamente recomendadas por aromaterapeutas y entrenado-res caninos.

Me desperté con la boca seca y un poco congestionado. Bebí agua infusionada con jengibre y tomillo. La mezcla vitalizó el interior de mi boca como si fuera tierra yerma. Fue como recibir una llovizna después de una época de sequía.

A mi lado estaba ella, completamente dormida y desnuda.

Hacía un calor intenso. Su cuerpo me dejaba sin palabras, era una verdadera diosa. Su belleza me excitaba..., sus caderas, esos muslos, esa piel y ese olor... Tuve que huir de la cama para no despertarla, además, tenía un compromiso profesional.

Bebí más agua y me preparé para hacer algo de ejercicio en la otra punta de la casa, donde no pudiera hacer demasiado ruido. Bueno, sí, pero para los vecinos de abajo del Airbnb. Después de un intenso entrenamiento me duché rápidamente. La congestión hacía rato que había desaparecido y me encontraba mejor que nunca. Me tenía que ir en poco, así que me vestí con mis tejanos y una camisa blanca que se notaba que había lavado pocas veces, por lo blanca que estaba, no por lo guarra (estaba limpia, lo prometo). Antes de irme, me preparé un café de grano colombiano con base de cacao y panela. Le añadí unas gotas de leche y miel, y disfruté cada sorbo. Antes del último sorbo miré mi teléfono móvil y me percaté de que tenía un mensaje de la persona con la que me tenía que reunir.

Cancelaba el encuentro porque no se encontraba bien.

Era sábado y tenía toda la mañana por delante.

No lo dudé y preparé una infusión de manzana y jengibre para ella. Se la dejé en su mesita de noche. A pesar de la luz de la mañana, que tímidamente entraba por la pequeña apertura del contraventanal, ella seguía dormida, boca arriba, con las piernas semiabiertas. Sus pechos eran redondos y caían levemente por los lados de su torso. Me desnudé ardiendo de deseo. Me tumbé a su lado con la suavidad de una brisa nocturna, muy silencioso, cuidando de no alterar su sueño, consciente de que cada movimiento mío debía respetar su tranquilidad. Merecía el puto Nobel de la Paz.

Empecé a tocarla de forma suave, acariciando esa sedosa y húmeda piel morena. Su venusino olor era de café de grano, achocolatado, lechoso y afresado. Muy degustable. Recorrí el interior de sus

207

carnosos muslos, no solamente con las yemas de mis manos, sino también con las palmas, apretando sutilmente con los dedos, y ello mientras deslizaba las manos hacia abajo, hasta la parte trasera de las rodillas. Ella seguía dormida y yo estaba cada vez más excitado. Mi respiración se iba acelerando, cada vez más deprisa, el corazón me bombeaba con fuerza y sentía mi piel electrificada.

De pronto, ella cambió de postura para ponerse de lado mirando a la pared. De esta manera, podía contemplar su espalda desnuda, sus piernas, esas caderas y ese culo redondo, ancho y perfecto desde el que asomaba su sexo como pétalos carnosos. Olí su sexo, algo muy intenso, fértil.

Seguí tocándola suavemente. No había dejado de hacerlo en ningún momento. Le acaricié la parte baja de la espalda, masajeé detenidamente toda la parte del coxis, no sé por qué. En mi imaginación le hacía ya el amor plenamente al gusto de mi deseo y del suyo. Acerqué mi cintura a la suya. Con mi brazo rodeé por arriba su cuerpo y apreté con cuidado su vientre hacia mí. Sin penetración. Muy juntos. Estábamos completamente pegados, completamente desnudos y yo estaba absorto sintiéndola desde atrás. Su belleza sensorial y el morbo de ese baile me tenían en trance. Cada instante era sagrado, eterno, un atisbo del paraíso, una apertura al Edén. No me había percatado de que me estaba mirando de reojo, con los ojos semiabiertos, como medio dormida, con la boca abierta y sonriente. Movió el cuerpo para encajar su trasero justo en mis excitados genitales. Mi sexo había encajado justamente entre sus piernas, lubricado por el sudor y su excitación. La humedad y el sudor multiplicaban la conexión. Yo ya me sentía energéticamente dentro de ella. Cada pequeño movimiento era extremadamente placentero, como una penetración energética que culminaba en un orgasmo. Notaba su sexo muy húmedo. Con una mano le apretaba los pechos mientras que con la otra la apretaba por la cadera hacia mí, clavándole las uñas sin querer —y queriendo—. Íbamos acompasados, ambos percibiendo los vaivenes de nuestra respiración y cintura, la marea que anuncia el tsunami. Ambos sentíamos los movimientos y las sensaciones del otro, bombeando pulsiones de placer, palpitando intensidades y relajaciones, tensiones y delicias jadeantes. Nuestros cuerpos ardían, emanaban vapor y lo que era dos se hizo uno.

Mientras la besaba como podía desde atrás, degustándola, muy poco a poco situé mi glande en su húmeda entrada y, mientras seguíamos el compás sincrónico de nuestro baile álmico y nuestro trance sensual, quedamos magnéticamente encajados. E iba penetrando milímetro a milímetro, muy poco a poco, gozando cada centímetro, sin ninguna prisa, sosteniendo y respirando la monstruosa embestida que podría desatarse si cedía a mi animalidad. Y es que era un remolino intentando acunar ese delicado momento de unión. Sentía dentro de mí un amor y un placer infinito que iba en aumento y en vías de explosionar, pero yo deseaba con fervor algo más, algo que tampoco lograba entender. Seguramente, ansiaba el éxtasis, quedarme a vivir ahí, residir en ese cielo. Me excitaba cada vez que participaba de su excitación, su boca abierta, sus jadeos, su completa entrega. Me daba morbo que ella supiera que la estaba viendo disfrutar totalmente desinhibida, salvaje, animal. Mi disfrutar coincidía con su placer. Era un solo sentir.

Y ahí estábamos, sintiendo literalmente el eufórico pálpito de nuestros acelerados corazones en nuestros sexos..., sincronizados y en permanente sincronicidad.

Profundizamos suavemente. Y luego vuelta a empezar. A veces me quedaba muy en la entrada. A veces profundizaba hasta el fondo, sin reiteraciones, cada instante era único. La experiencia se convirtió en un punto medio entre un pálpito bombardeante y un bombeo palpitante. Toqué fondo no solamente con mi cuerpo. El placer llegó a otro nivel.

Paramos para solamente sentir y relajarnos rodeados de éxtasis.

Pudimos continuar, variando la posición de divino encaje, y simplemente sucedió.

Un estado de éxtasis absoluto, una ventana al más alto círculo del paraíso. La tensión máxima, el tiempo completamente congelado, en el límite entre la tensión y la calma, lo imaginado y lo real. No eran simples besos, era la encarnación de alguna jugosa y primaveral fruta, era como morder el voluptuoso cuerpo de lo morboso. Esos labios afresados presionaban húmedamente mientras un látigo de carne se abría camino hacia los estrechos pliegues de donde brotaba una fuente viscosa. Cara a cara, mirándonos, mis dos manos agarraban sus muslos, acariciándolos con intensidad, como si un acelerón repentino pudiera prender una hoguera de electricidad, una tormenta de peces buceando como un rayo hacia su corazón erótico, dilatado y receptivo ante mi bienvenida potencia. Yo entraba en ella tenso y duro. Yo solamente quería inseminarla. Justo lo que ella me pidió jadeando. Como mi pubis estaba completamente pegado al suyo, mis movimientos amasaban su clítoris mientras la penetraba degustándola.

Pero de pronto alguien llamó al timbre, insistentemente... Un paquete de Amazon.

Un libro de Navokov.

Creo que era lo que vi una hora después en una notificación de paquete no entregado.

Jamás escuché el timbre.

Dicen que un sonido sin observadores no suena.

3

POEMAS

CARTA ABIERTA A UN DIOS SALVAJE

Querido dios salvaje,
a ti te quiero dirigir
mi venenosa desconfianza,
lo único que siento,
una sospecha que no acaba,
por algo oculto inconfesable,
muy hondo,
que se estira hacia las estrellas,
y nace dentro de mis células,
un sentimiento de delito ancestral,
una culpa innatamente consabida,
el injusto pecado original,
herencia de un Dios pecador.

¡Cómo me aplasta el anhelo de un perdón!
¿Son pesadillas?
¿Miedos asesinos?
Es realismo mágico,
aquello que me impulsa a una existencia
que tolera presenciar
la risa de un sátiro,
la maldad cristalizada,
institucionalizada por espíritus,
sin olor, seca y madura.

¿Cómo reaccionar al descubrirse así?
Descubrirse como un bandido,
con el alma vendida,
ya...
sin posibilidad de marcha atrás,
con un destino trazado,
tragedia mascada,
imparable,
inercia de un inmenso castigo,
la caída de un cielo inconcebible sobre mí,
directo al alma desnuda,
a la tierna piel,
así acontece la tragedia
de la pérdida de algo íntimo,
su todo,
hasta ahora inocente,
rebosante de vida y más vida,
vida ya extirpada,
vida que jamás viviría.

Crudo mutilar y arrebato
proveniente de un dios que creíamos bueno.
No es herida de torpe golpe,
sino la tortura de un sádico refinado,
la cirugía de un Dios despiadado,
que habita en el más profundo universo,
que se impregna en el ser humano,
con su poder hipnótico,
su promesa de fusión,
de orgasmo trascendental,
paraíso de depredadores.

Es fácil sucumbir a su poder,
sobre todo una vez que se siente.
Es fácil demonizar su poder,
sobre todo cuando está en manos de otros.

Y es que es horrible descubrirse
esclavo de quien temíamos,
a quien denunciamos,
tú, inconcebible Leviatán,
dios salvaje que aceptamos,
como condición de un dios civilizado.

Y me dejo dominar,
por el poder del dios salvaje,
por su magnetismo,
su atractivo,
el morbo de mirar esos ojos,
muy abiertos,
sin bajar la mirada,
a un dios con la boca llena,
de venas y sangre ajena,
así es su naturaleza,
tentación sonambulista,
dulce tejer de una araña,
sutil pulso de fusilero,
pisada en hormiguero,
ansiedad de cocodrilo hambriento.

Y por fin asciendo como vampiro,
señor de las tinieblas,
ángel caído.
Yo me invoco
como renegado,
renuncio a Dios,
renuncio a la vida
y declaro la guerra
a todo el imperio del dios civilizado.

Hicimos de nuestra mayor impotencia,
de nuestra mayor insignificancia,
nuestro mayor poder.

El verdadero secreto
fue perderlo todo,
y perder el miedo a perder,
perder el miedo al miedo,
perder el miedo a morir,
a sobrevivir,
a sobremorir.

SANO COMO UN DIABLO

Hay alguien que llora por las noches,
sobre su cama, sobre sí mismo,
derrochándose sin derroche,
desesperado por un mundo
acobardadamente materialista.

¡Eres tú!,
pobre diablo...,
¡el fatigado altruista!
Compadeces el mundo donde abundas,
el que se te muestra rebelde,
como tu realidad moribunda,
como tu identidad,
pobre duende verde.

Te proyectas a la náusea,
a tu suerte,
esa sucia sombra es en ti
una capa de polvo.

Amarías tu destrucción,
adivinarías tu ocaso,
tienes poder
y comprendes que toda humanidad
debe someterse a la suerte
de un pobre diablo.

No obstante,
¡tu sufrimiento te hará sobredivino!
Ni Dios tuvo que asear su sombra.
Él no tenía luz que le iluminara.
Él era una linda luciérnaga.

¿Cómo puede tu humildad ser más cruenta
que tus lágrimas ácidas pordioseras?
¿No lo ves?
¿No te das cuenta?
Estás corrompido por tu perfección.

Así te sientes tú, oh, tierno jugador.
Desde la oscuridad serás esa luz
que deslumbrará al que fue creador.

Y, ahora, recuerda el peso de la existencia.
Deja de llorar y mira tu espada,
la ahora hidratada.
Anhela a Penélope,
creadora del miedo,
a quien amabas cuando ella no existía
¡tanto iba a conocer el grito del valiente!
Siempre fue negación,
alejada de santo combatiente.
Nunca esperó más esperar,
esperaba tu eterno despertar,
infectaba su sueño matinal...

Ya eres libre...
Tan libre como Dios cuando canta,
tan libre como el pescador de pleamar y luna llena.

Bienvenido a este mundo de intensos olores,
querrás resfriarte,
espero que no.

CREA

Descubre estas palabras,
increíbles usurpadoras,
ahora ellas encubridoras,
¡y detenlas con tu grito ahogado!
¡Tu gesto póstumo!

Desde donde pisas,
buscas tu alma,
la cual te pertenece
por derecho al mal,
por derecho al bien,
por derecho a ti.

Ella está fuera,
en el jardín,
esperando a que salgas
para empezar.
¿Para empezar qué?
¡A crear! ¡Crear! ¡Crear!

Crea, y que tus creaciones
sean de eco tan profundo,
de tan prescindible susurro,
que al vivir en el limbo nihilista
merezcas ser invocado
como el infante Azar,

monarca de Nueva Tierra,
milagro creador de Dios,
conquistador de batalla,
fuerza nómada.

No te resignes, creador.
¡Crea!
Aquí y ahora
de una vez para siempre.

COMPASIÓN

Lloro por su desgracia,
no dejo de derramar lágrimas,
de pena, de compasión.
La tragedia vivida por mis sentidos y mi
entendimiento
es vista por el odioso
como la muestra de su triunfo.
Y ante ello se jacta.
Porque ha ganado la guerra.
Sin embargo,
algo arruina sus carcajadas.
Lloro y,
desde mi amor,
hago la guerra,
su guerra pírrica.
Justifico,
con máxima atención a mi interior dolorido,
mi tragedia.
Y a cada palabra jadeante,
al odiado se le añade una nueva expresión de terror.
La autocompasión que siempre se había negado,
que había sufrido, al menos,
en la más íntima soledad,
en la oscuridad y en la vergüenza,
está siendo ahora explicitada,
con la sinceridad más indudable,
con la elocuencia más cegadora.

LOBRÁ

Si das la vuelta a la imagen de un árbol
es fácil ver otro árbol,
otro tipo de árbol.
Y es que yo creo que son dos árboles en uno,
crecidos en direcciones opuestas,
y de una misma semilla.

Lo increíble es que la copa de uno es la raíz del otro,
la búsqueda de humedad de uno
es la búsqueda de luz del otro.

Por un lado, el árbol clásico entre nosotros:
copa arriba y raíces abajo.
Arraiga en la densidad del subsuelo,
abriéndose paso entre las entrañas de la tierra,
siguiendo el húmedo rastro
de un oasis antiguamente intuido.
Y su copa se abre sin temor al cielo,
abrazando con fuerza la luz y el calor del astro solar,
ofreciendo la carne que protege la vida,
el alimento que nutre todo comienzo.

Por otro lado, el árbol ancestral fuera de nosotros:
copa abajo y raíces arriba.
Arraiga en la inmensidad del cielo,
soñando absorber el agua de las nubes,
fijando su estructura lentamente,
en el lugar de paso de todas las ideas.
Y su copa se abre a la experiencia del infierno,
sombreándose en la seguridad de la matriz terrenal,
buscando el calor del núcleo de la Tierra,
escondiendo frutos secretos para otras vidas.
Y así ambos conforman un yin y un yang naturales,
una unidad inseparable.

DÍAS MONÁSTICOS

Paseo en silencio por sus claustros pedregosos,
y siento más que buceo a través de ellos,
durante pesadas horas,
a través de sus burbujas divinas, nacientes y errantes.

Y puedo olvidar todos mis muros mentales,
tan solo necesito escuchar a los monjes,
la extrema ternura de sus deliciosos cantos,
cantos colmados de amor hacia nuestro queridísimo Padre.
Comprendo en ese instante por qué sonríen tanto.

Entonces es cuando mi alma está por fin preparada.
¡Ya puedo contemplar la noche en todo su esplendor!
Sin vértigo, sin miedo a que me atraiga la infinita densidad
del profundo espacio,
sin que haya mirada de estrella que me deslumbre.
¡Por fin solos, el cielo y yo! Ambos juntos, no excluyentes.

Y así, noche tras noche,
acabo aprendiendo a vivir allí donde pongo los pies,
allí donde respiro el aire que entra en mis pulmones,
allí donde doy gracias por vivir,
allí donde libero la mente de toda ansia,
abriéndola al gran misterio...

ENDIOSAMIENTO

Ya no te necesito,
aguanto en el espanto,
en el no sentir tu aliento,
el olor dulce de tu canto.

Estás lejos de mí, ardorosa, ¡tú, mi vida!,
ignorando que mi vida ya no es mía,
y contemplo desde fuera tu linda victoria impía;
y me río y me río de tu conquista,
¡mi pacto homicida!

Preexisto como tormenta de divino cáliz,
profundamente en el abismo,
muy por encima de ti,
donde soy una gota solitaria,
que cae y cae,
envuelta en una muchedumbre de fenómenos
clónicos.

Momentáneamente,
todos mis pantanos eran dorados,
mi riqueza se degustaba salada,
de colores, rojos apaches, blancos sin lejía;
¡sólidamente inmensos!
Me faltó la nada,
la pureza como ser.

Ahora, desde aquí, siento lo divino,
soy dios de cada gota de mi tormenta,
porque soy gota
y soy creador de mi mismo ser.

Y soy luz.
¡procedo de un espectro de diamantes!
Y no soy la luz oscura y dispersa de vuestro dios,
ese Sol gordo,
hinchado de desidia,
a quien no veis que
¡se está quemando!

Mi haz de luz puede ser mortal y fulminante
porque vuestro mundo está hecho de espejos,
tan solo necesito apuntar y esperar mandarme
¡el apuntar bien!,
inclinando mi bastón hacia acá,
apoyándolo como base y eje en mis pies,
encarándolo a la inminente y alta proyección
de mi creación, a la que amo tanto,
y disparar.

¿Me preguntas que más soy?
Soy dios de todo lo que conoces y desconoces,
soy dios de todo lo que conozco y desconozco
¿Por qué?
Porque sí,
porque esa es mi voluntad.

FUEGO CELESTIAL

Este fuego es de brasas,
el último fuego,
nada empieza siendo brasa,
no es un fuego de inicios,
ni un fuego esplendoroso,
de melena amarilla.

No.
Este fuego es fuego rojo, rojo, rojo,
el que te entra sin tocarte.

Cultivemos ese fuego lento,
revoltoso,
fricativo y vibrante,
como una *f* y una *r,*
provocativo y jadeante,
por una vívida leña.

Cultivemos este viejo compañero,
despertar mañanero,
basto y sutil movimiento,
puro instante,
que muere la vida,
que vive la muerte,
siempre renaciendo,
mientras haya donde agarrarse,

afirmándose siempre,
con pasión,
con agresividad,
un segundo más,
un primero más...

LA SOMBRA DE LA LUZ

Y después de millones de años de misterio,
por primera vez en la Tierra,
la vida empezó a convivir con la vida,
y aquella maravillosa intensidad
por fin se hizo animosa emoción,
éxtasis tántrico y tragedia griega,
voraz hambre saciada,
alivio profundo de héroes jadeantes.

Con la sociedad y tanto *grooming*,
apareció la moral, la antítesis de lo salvaje.

Una realidad prohibida, pero real,
para vivirla intensamente en secreto,
cuando nadie nos ve...,
cuando nadie nos oye...,
cuando nadie nos huele.

O una realidad para irrealizarla,
para descubrirla en su escondrijo,
condenarla bajo el peso de la ley,
como escándalo y residuo,
luciendo así su desaparición.
Pero así entró en escena el sufrimiento,
sufrimiento tomado a sí mismo muy en serio.
como emoción venida para quedarse,

liberadora y guardiana de la felicidad,
resaca de un mal arte,
presente más allá del instante,
más allá de la muerte,
aferrada a una estela,
oscuridad nostálgica de una luz,
de una luz que siempre estuvo ahí,
que nunca nos abandonó...

LA SOLEDAD DE SATURNO

La soledad de Saturno,
puerta segura a lo transpersonal,
al misterio,
a ser humanidad,
al sacrificio,
exquisita trascendencia.

Sensación de separación,
de desconexión de lo de aquí
con tal de estar ahí,
desconexión de los demás,
para ir más allá,
hasta la hiperrealidad,
más allá de uno mismo,
de todos,
por el bien de un futuro todo.

Pero es triste querer trascender
cuando te sientes triste,
con terror al rechazo,
paralizado y apartado,
así de simple.
¿Lo sientes? Son las emociones,
aunque estés viajando más allá de las estrellas,
sigues siendo un mamífero
que aúlla a su satélite,

puro instinto de manada,
que clama con su llanto,
por un exceso saturnino
y una falta lunar...

Intentaste tocar el cielo,
pero olvidaste tu suelo,
donde arraigan las estrellas.
Adiós a nuestros amigos,
y a la empatía...
¡Hola a nuestros enemigos!
¡A la hostilidad!
Así nos instalamos en el delirio
y la vida toma un tinte surrealista,
una retorcida existencia,
de catarsis constantes,
de ilógicos infinitos,
entre enfados de dioses,
eternas nebulosas,
síntoma de nuestro orden finito,
ese caos,
tan ruidoso y confuso,
tan loco y aterrador.

Atestiguamos un destino impredecible
que jamás sabremos sobre él,
sobre su santidad y oscuridad,
solo la muerte lo revelará.
Cuánto tiempo podrás aguantar,
flotando por el cielo,
hundiéndote en el infierno,
sin volver a la superficie,
con los tuyos.

RUGIR A LO DESCONOCIDO

Algo ruge ahí fuera,
algo resuena en la selva,
es un distante eco,
que todo lo sobrevuela,
que nada lo atraviesa.

Algo ruge dentro de mí,
una presencia sin esencia,
una existencia sin nombre,
una luz que quiero ocultar,
algo oculto que irradia vida.

Me rindo ante el espíritu,
reconozco el misterio y lo sagrado.
Me rindo al cuerpo, al alma y a la mente,
reconozco aquello que mi consciencia
es capaz de afrontar como real.

Mi rugir interno me hace abrir la boca
bien grande,
el ardor de mi cuerpo se hace insoportable.
Pronto toda mi piel y todos mis huesos
susurran al universo
en la frecuencia más infinita,
en el tamborilear más atronador.

Para mí solamente hay un abismo.

Ante este cielo sobre el océano,
siento algo sublime,
algo cumbre...
Cumbre que es meseta para los dioses,
una visión del más allá,
de la cotidianidad divina,
un recordatorio para toda la humanidad
de que nos tenemos aquí y ahora.

LA CAPA NEGRA

La capa negra,
de gran robustez, de fluida y cambiante
envergadura,
sin espalda ordinaria que pueda soportar
la violencia de su ondear flagelante.

El viento que la impele con tanta grandeza
es algo más que aire. Es aire que merece serlo.

¿Quién se atreve con este remolino infernal?
Fuego frío que deja congelados a los más cobardes.
¡Cuántos por su intensidad han olvidado
la existencia de la paz!

Inconscientes como nubes que se evaporan
y abortan su destino, no aceptándose,
sirviendo a un Sol que evapora lo evaporado,
quedándose sin el desahogo del llorar...

Nubes...
humildes, cariñosas, amantes de la vista sensual
a dos palmos,
y una caricia...

¡Remolino infernal!
¡Remolino de fuego que no siempre congela!

Fuego que agudiza vivamente a los más íntegros.
¡Ay! ¡Pocos cuento que han podido poder!

Fénix amables, conscientes,
ingenuos que al dar lo han tenido todo en sí.
No dan, sino comparten, la abundante necesidad.
Han escrito que la ceniza no puede hacerse cenizas
y que el vapor no puede sino no dejar de
evaporarse...
Todavía esto ahora no ha cambiado.

Fénix que son gotas sublimes
hechas de recuerdos
y de sueños,
¡de materia prima para vivir!

Gotas que no pueden ser sino una
¡tan propiamente agotadas!
¡Hechas polvo!
Cuán satisfechas están de asegurar un pasado,
un pedestal de puro mármol brillante
que refleje la magia de la luna llena.

¡Cuánto amor concentrado!

¡Son pocos los que se desintegran
en la posibilidad de no contarse!

¿Tan difícil empresa es llegar a ser lo que se es?
¿No es tiempo suficiente la eternidad?
Libremente tenemos tiempo, para todo...
Para ser gota y ser nube.
Siempre agua, húmeda.
Ser uno mismo para serlo todo.
Esencialmente existente.
No querer, sino nadar en uno mismo,
dejar la nada fuera de uno mismo.

Siempre fuego, viviendo por primera vez,
ardiente de deseo,
asegurando ¡un nadar bien cálido!

Solo unas espaldas
pueden lucir la capa negra
y...
solo unas manos pueden vestir tan delicadamente
a quien...
¡no sabe ponerse ni una capa!
¡Cómo, sino, iba a ser íntegro quien
tiene capa alguna fuera de Él!